桜華高校
一年Dクラスの面々
ゲーム本来の“主人公”
一条一馬
氷の女王
花ケ崎玲華
最底辺の主人公
高杉貴志

マイペースな癒し系
天都香洋子
"主人公"の友人キャラ
風間洋二
槍使いのチョロイン
神宮寺綾乃

「例のあれ、本当に効果があったのよ」
あろうことか、急に耳打ちをするように顔を近づけてきて、ささやくようにそんなことを言う。息がかかって、俺はどぎまぎしながら視線をさ迷わせた。
「わかったから、二度と教室で俺に話しかけるな」

ダンジョン学園の底辺に転生したけど、なぜか俺には攻略本がある

塔ノ沢　渓一

ぶんか社

C O N T E N T S

第一話　どうして俺がゲーム世界の底辺なのよ

いったい、どうなってやがる。

ついさっき、呪われた高校生活を終えたばかりだというのに、なぜか気付けば、高校の入学式の最中にいるではないか。

しかもそれが、これから始めようと思っていた、とあるゲームのオープニングシーンだというから馬鹿（ばか）にしている。

高校を卒業し、これからバイトでもしてＶＲ機器一式を揃（そろ）えたら始めようと思っていた、ある人気ゲームの開始地点である。

もちろんバイトなんてした覚えもないし、高額なＶＲ機器なんて実際に見たことすらない。

すでに攻略本だけは買ってあって、パラパラと眺めたことがあるから、そのゲームの開始地点であることに間違いはなかった。

目の前の壇上には、桜華（おうか）高校入学式の垂れ幕が下がっているし、周りにはゲームの登場人物が並んでいて、神妙な顔つきで壇上にいる校長先生の話に耳を傾けているのだから否定のしようがない。

垂れ幕の文字は日本語なのに、周りにいる奴（やつ）らの髪は色とりどりというありさまだ。

まるで冗談のような光景に、俺は立ち眩（くら）みを起こしそうな思いだった。

校長は、命をかけて国に貢献しようという諸君らを歓迎するというようなことを言っている。

たしか昭和の初期に、いきなり異界に通じるダンジョンが現れ、その上に建てられた士官学校が桜華学園の前身であったはずである。

　時が経ち、大日本帝国陸軍が関東のダンジョンから手を引いて、士官学校は探索科高校に変わった、というのがゲームの設定である。

　本来は、未知なる脅威に対抗するために建てられたが、レベルを上げた探索者や、ダンジョンの魔物から産出される魔石やアイテムが強力すぎたために、それらが国家間のパワーバランスさえも揺るがすようになって、その目的は変わった。

　以来、学園は血なまぐさい利権闘争の舞台となっている。

　昭和初期、日本には複数のダンジョンが現れたが、この関東平野に出現したダンジョンは、観光客や一般の探索者が多く訪れる、最も開発の進んだダンジョンだ。

　ダンジョンから得られる資源は、今も世界中で取り合いになっている。

　モンスターが落とす魔石にはとてつもない力が秘められていたために、エネルギーはほとんど石油から魔石に置き換わった。

　ダンジョン産のアイテムに至っては、もはや兵器と同じ扱いがなされている。

　今では、それらのアイテムを国外に持ち出すことすら許されていない。

　だから魔石やアイテムを入手してくる探索者は、国家からかなりの優遇を受けられた。

　さらには、ダンジョンのモンスターを倒して得られる力がレベルとして表示されたことで、もはやそれは社会的ステータスのすべてと言ってもいいくらい重要視されるようになった。

　高層を攻略する探索者はヒーローのように祭り上げられ、いまだ残る貴族制度の爵位が与えられることさえある。

そうなれば帝国議会の上院に任命されることさえ一般的だ。

貴族院に任命されれば、七年間は社会的に大きな影響力を持つことになる。

しかし爵位を授けられると、それと引き換えに予備役のような形で、国からの徴兵に応じる責務を負うことにもなる。

俺が買った攻略本には、たしかそのようなことが書かれていたと思う。

メインストーリーよりも、サイドストーリーを補完するような内容の方が多く書かれていたから、そういう裏設定だけはよく覚えている。

世間では、ギャルゲーやらなんやらにＲＰＧが融合したような世界観なのに、やたらとストーリーだけは壮大だ、という評判だった。

ちなみに校長が言っている命がけというのも、けっして大げさな表現ではない。

モンスターと戦っていれば、人は簡単に死ぬものだというのが、なかば常識と化した世界である。

■■■

俺はゲーム世界に入り込んでしまった喜びなどあるわけもなく、あまりに突然の出来事に茫然自失となって呆けていた。

天井を眺めたり、斜め前にいたヒロインの一人、神宮寺綾乃に見惚れたりしながら、自分の置かれた新しい境遇をなんとか受け入れようと努める。

そんな俺の努力をあざ笑うかのように、事態は勝手に進んでいった。

Aクラスから順番に体育館を退場していき、俺は最後のクラスの最後尾だ。

ということは、当然ながら高校からの編入組であるDクラスであり、最悪なことに席順はクラス内の最下位を示す教室の一番後ろである。

AクラスからCクラスまでは、中等部からこの学園に通うエスカレーター組で、すでにダンジョンダイブも経験して、レベルやステータスも上がっている。

Dクラスにもレベルを上げている生徒はいるが、特別な資格やコネでもない限り十六歳以下ではダンジョンに入ることすらできないので、その数は多くないはずだった。

おそらく、ほとんどの生徒がレベル1のままだろう。

とはいえ、かなりの高倍率をくぐり抜けて入ってきた精鋭のはずだし、Dクラスの生徒だって潜在能力だけで言えば、他のクラスに比べて特別劣っているということはない。

しかしながら俺の席順は、入試後の検査でクラスの最下位だったことを示している。

教室について、なんの気なしに机の中に手を入れてみたら、なんだかやたらゴツイ教科書のようなものが入っていた。

なんだろうと思って取り出してみると、それは数日前に俺が買った「最強、ネバークエスト完全攻略　オメガマニアックス」と題された、このゲームの攻略本だった。

カラー印刷された表紙には、この教室にもいるキャラクターたちが描かれている。

しばしのあいだ、あっけに取られてその表紙を眺めていたら、そこでふと視線を感じたので顔を上げた。

なぜか教室中の視線が俺に集まっている。

なんだろうか。

「おい、高杉貴志。返事をしないか」

教壇に立つ新村教諭に言われて、俺は慌てて返事をした。

そしたら周りから「真っ白の本なんか眺めて変な奴」という声が聞こえてきた。

どうやら攻略本は、周りの生徒の目には白紙の本に映るらしい。

俺はすぐさま攻略本を開くと、登場人物一覧の中から、タカスギタカシなる人物を探した。

高杉　貴志［たかすぎ　たかし］
一年Dクラスで最下位の成績を持つ運の悪い生徒。
いずれ主人公と対立し、対決に敗北して学園を去ることになる。
ストーリーを進めると、学園を去ったあとで死亡したとの噂を耳にすることもある。
能力値も低く、敵としての脅威は皆無。
能力もないのにこの学園に入ってしまったという、よく考えたら気の毒な生徒だ。

人ひとりの人生がかかっているというのに、運が悪いで済む話ではない。

それを気の毒なんて言葉で済ませやがって、どういうつもりだ。

だいたいゲームの世界に転生するというのなら、普通は主人公になるもんだろうが。

どうして能力の低い学年最下位の即退場キャラになんてならなきゃならないのだ。

人を勝手にゲームの世界に放り込んでおいて、そんなつまらない死に方をするのが新しい運命だとでも言うつもりなのか。

たちの悪い冗談も大概にしてくれという話だ。

ただ底辺になっただけなら、元々俺は人生にそれほど期待するタチでもないから、そのことにたいした絶望もない。

ただ、うんざりだなとしみじみ思うだけだ。

ところが、命まで取られるとなったら話が変わってくる。

ただぼんやりと、そんな過酷な運命を受け入れる気にはならない。

だいたい主人公と対立なんて、しなければそれで済む話なのではないのか。

そもそも、なんのこだわりもない俺が、何をもってして主人公と対立などするというのかわからない。

その先で死ぬとわかっていたなら、なおのこと、そんなものには近寄りもしないだろう。

しょせんゲームの世界の話なんだし、主人公など好きにさせておけばいいではないか。

いやいやいや、それ以前に、今、目の前にあるものを見てみようじゃないか。

もしかしたら、これは人生を変えるチャンスなのではないだろうか。

負けると決まっているわけでもないのだから、べつに勝ってしまったとしても悪いことはないはずである。

攻略本が手元にあることを生かし、こっそり最強になってやろうか、なんてことを夢想しながら俺はにやけた。

この時の俺には、まさか対決が避けられないものになるなんて知る由もない。

それどころか無双する未来を想像して、自分の手の中にある攻略本の存在が、まさに光り輝く聖書のようにも思えてきた。

こんなものがあって、負けるなんて未来はなかなか見えてこない。

能天気にも、俺は最強になってモテモテになっちゃうのも悪くないかもなんてことを考えていた。

美少女のピンチに、颯爽（さっそう）と駆け付けちゃったりとかね。

この学園には、ゲームの美少女ヒロインもわんさといるのだ。

しかも、その美少女たちの攻略法まで、この本の中には書かれている。

――いや、そんなものに手を出してしまったら、シナリオが書き換わって、攻略本のある優位性を生かせなくなってしまう可能性もある。

担任教師からスマホのような端末が配られ、そこに表示された自分のステータスを見るまでは、はっきり言ってそのくらい安易に考えていた。

教室の前の方では、主人公らしき男子生徒の周りにクラスメイトが集まって騒いでいる。

そこから漏れ聞こえてくる情報を聞く限り、どうあがいても俺に勝てる要素があるようには思えなかった。

配られた端末の電源を入れると、まるでゲームのようなメニュー画面が現れた。

その中にあるステータスの項目を、教師に言われるがままタップする。

俺の端末に現れたステータスはこうだ。

高杉　貴志　Lv1　見習いLv1
HP　10／10　MP　5／5
筋力　9
魔力　12
敏捷　7
耐久　13
精神　8

なんの見習いかは知らない。

担任の話だと、この数値は慣れたら頭の中に表示することが可能らしい。

まさにゲームだが、どんな仕組みでそんなことができるようになるのかという説明はない。

そしてスキルを装備するのもクラスチェンジするのも、頭の中の操作だけで可能だという。

説明が終わった途端、みんなが騒ぎ始めてクラス内は混沌に包まれた。

前の方からは「レベル1で筋力が60もあるわ」とか、「魔力58はスゲー」とかいう声が聞こえてくる。

「オメーョォ」

不意に、隣からそんな声が聞こえてきた。

未知なる生物のうめき声かと思ったら、それは隣の席のクラスメイトが俺に向けて発した言葉だった。

彼はなぜか遠慮する様子もなく、俺の端末を覗き込んでいる。

「よく、そんなステータスで、この学園に入れたな。呪われてんじゃねーのか。ひどいにもほどがあんだろうがよ。ステータスが一桁なんて初めて見たぜ」

一瞬だけ緑一色のモヒカンに気を取られるが、そのチンピラみたいな生徒の端末を覗き込むと、30台後半のステータスが並んでいた。

いくら主人公ではなくとも、普通、そのくらいのステータスを持っているのが当たり前なようだった。

早くも絶望的な展開に消沈するが、落ち込む暇もなく、さらなる追い打ちがかけられる。

「おい、みんな見てみろよ。こいつのステータスはスゲーぞ！」

そんなことを言いながら、俺の端末を奪い取ったチンピラが、みんなの方へと行ってしまったではないか。

俺は自分の端末に表示されていた受け入れがたい現実から逃れるように、必死になって攻略本のページをめくった。

さっきまで浮かれていたせいで、その落差は大きい。

口からは、そんなはずはないそんなはずはないと、呪文のような言葉が無意識のうちに漏れ出てくる。

最強になるどころが、本当にゴミとして死んでしまいそうな展開である。

汗だくになってページをめくっていたら、一つのコラムタイトルが目にとまった。


――リセマラ不要の最強ビルド。ラスボス単騎撃破可能。絶対に後悔しない最短最速、問答不要の攻略チャート。必須アイテム完全網羅。　改訂版　（ライター：トニー三平（さんぺい））

まえがき

ここに書かれている通りにやれば、主人公キャラであれカスタムキャラであれ、誰でも簡単に最強キャラを育成可能だ。

カンストダメージを叩（たた）き出し、ソロでのラスボス撃破すら可能にする、最強キャラへの道筋である。

まず最初に、ラピキャス魔法剣二刀流ツバメ返しこそが、本作最強となるアビリティの組み合わせであると断言しておこう。

いや、もちろん魔法メインがいいとか、クリアするだけならもっとお手軽なのがあるとか、そういう意見が出るのはわかっている。

わかってはいるが、世間一般に推奨されているビルドは、はっきり言ってどれも反吐が出るほどクソダサい。

安易な道に本当の完成などありえないのだ。

だから、俺が本当の強さというものを見せてやる！


なおゲーム内設定の話を出さなくとも、この世界ではレベルこそがすべてであることはご存じの通りである。

だからこそ、安定して経験値を稼ぐ方法こそ、最も重要な情報であるから、本書を手に取った諸兄らには、その辺りのことも徹底して指導することを約束しよう。

(試してみたらマジで強すぎるなどのご意見ありがとうございました。さらに無駄を省いた改訂版です)


雑誌の裏を見てみたら、第4版とある。

ありがたいことに版を重ねて、多少の洗練までされた内容であるようだ。

いつの間にか冷汗は引いて、気付けば俺は夢中になってコラムを読んでいた。

すでに気分は、トニー師匠ついていきます！　という感じである。

最強となって地上に君臨し、ついでにハーレムでも作っちゃおうかなどと考えつつ、目の前の文字列から目が離せない。

ぐふ、ぐふふ、と含み笑いを洩らしながら読んでいたら、突如、綺麗な声が耳に響いた。

同時に、細くて美しい手によって視界の中に差し出されたのは、さっき隣のモヒカンに取り上げられた俺の端末だった。

「これ、あなたのなのではなくって」

顔を上げた先にいたのは、このゲームのテレビCMでも見たことのあるヒロインの一人。

人気投票堂々一位、大人気ヒロインの花ヶ崎玲華だった。

細い髪をかき上げながら、まるで天使のような顔が俺を見ている。

その顔が視界に入った途端、なんだか周りの空気まで澄んだものに変わったような気がした。

「あ、ああ……」

いくら綺麗でもしょせんはゲームキャラだというのに、俺は言葉に詰まって寝言のような返事をするのが精いっぱいだった。

彼女はさらに何かを言おうとしたが、冷たい視線を俺に向けただけで、そのまま口を閉ざして黙り込んだ。

きっと俺のステータスについて、何か言いたいことの一つもあったのだろう。

しかし、それを口にするのがためらわれたのだ。

氷のように冷めた紫紺の瞳が少しだけ怖いが、彼女にまで俺のステータスを見られたかと思うと、その恥ずかしさの方が勝った。

「大切なものだそうだから、なくさないようにすることね」

それだけ言うと、彼女は俺の机に端末を置いて行ってしまった。

話しかけられただけなのに気持ちがふわふわして、その細くて華奢（きゃしゃ）な後ろ姿にまで見惚れてしまう。

光が透けると紫色に輝く黒髪は、まるで絹のように滑らかだった。

俺は気を取り直して、手元に視線を戻すと、攻略本のページをめくった。

花ヶ崎　玲華［はながさき　れいか］
言わずと知れた花ヶ崎財閥の伯爵令嬢。愛称は、ハナ様、レイカ様。
初期装備は極めて優秀で、魔法特化型に成長する。
デレると可愛（かわい）いが、それまではまさに氷の女王。
魔法パーティーを作りたいなら必須のキャラクターと言える。
とにかく近寄りがたいオーラを持つ美少女。

このゲームをやったことのない俺ですら知っているほどのキャラだから、その人気ぶりもわかるというものだ。

彼女と同じクラスというだけで、なんだか俺の身に起きた理不尽さえも許せそうな気がした。

いや、それはさすがに能天気すぎるというものか。

このゲームは、難易度が高いことでも有名な作品である。

キャラクターロストまであるようなシビアな世界観が売りのゲームでもあったから、浮かれていれば本当に死ぬことになる。

主人公パーティーですら命を落とす危険があるのだから、俺ならばなおさらというものだ。

攻略本によれば、この学園では様々な勢力による争いが激化するとある。

だから、なんとしても自分の命くらいは守れるように強くならなければならない。

■■■

初期ステータスの騒ぎが収まると、覇紋を入れたい生徒が集められて教室を移動することになった。

覇紋とは、魔法を使えるようにする呪印のようなもので、刺青として体に彫り込むと、特定の魔法を習得することができるようになるシステムだ。

今回だけは研究科の上級生が、一つだけ無料で入れてくれるというようなことを新村教諭は言っている。

手を挙げたのは俺を含む数人だけで、他はすでに覇紋を持っているようだった。

かなり高価なものではあるが、重要なものでもあるから自費で入れてきているのだろう。

移動した先の教室ではベッドが並び、上級生らしき数人が白衣を着て待っていた。

俺はさっそくトニー師匠の教えに従い、雷撃Ⅰの覇紋を入れてもらうことにする。

「チッ、これだけかよ。ゴミクラスのくせに、生意気にも外で入れてきてやがるのか」

などと上級生の一人が不満を口にしているが、ここで入れてもらえるのは、はっきり言って質が良くないから、みんな専門の人に入れてもらっているのだ。

お金のない生徒もいるから、仕方なくこの機会を利用しているというだけである。

貴族家や大規模ギルドなどは専属の彫師を雇っているし、そうでなくとも街中の覇紋屋の方がまだマシなものが選べる。

最終ビルドにも影響するし、入れ直しも利かないのだから、慎重になるのが普通というものだ。

とはいえ、ある程度は経験値を入れなければ使い物にもならないから、あまり慎重になりすぎるのも考え物である。

俺としては、たいしたことのない覇紋の方にこそ用があるので、腕の良し悪しは問わない。

むしろ、一番腕が悪そうなやる気のない上級生のところに並んで、雷撃Ⅰの覇紋を入れてもらうことにした。

雷撃Ⅰは、第一世代と呼ばれる最も基本的なもので、最初期からある覇紋だ。

攻略本によれば、世代を経ることによって威力が上がったりもあるのだが、威力とクールタイムはトレードオフの関係にあり、世代が進んだからといって無条件に良くなるとも限らないそうである。

つまり雷撃Ⅰは、雷撃Ⅲよりも低威力な代わりに、短い間隔で魔法が再発動できる。

雷撃の覇紋を入れたら、どんなクラスに就いていてもボルトの魔法が使えるようになるし、このスキルは最初から就いている見習いクラスで習得することができる、魔法Ⅰスキルのボルトも強化してくれる。

このゲームにおけるクラスというのは、よくあるRPGのジョブシステムのようなものだ。

こんな覇紋でも、育てればそれなりの魔法となるが、ひとまずは第一段階で使える魔法にしか用はない。

それにしても、この学校の生徒は自分よりもレベルの低い相手に対して、差別意識を持ちすぎではないかと思う。

本気でレベルが社会的ステータスのすべてとでも信じ込んでいるかのようだ。

レベルの低い奴は、自分の言いなりになって当然というような横柄な態度に感じられる。

どこに入れるのかと聞かれ、「普通で」と答えたらうつぶせに寝かされて、下書きもなしに背中に墨を入れられ始める。

冷や汗が出るくらいの痛みが俺を襲った。

「俺はすでに上位ギルドとも契約しているんだ。その俺に彫ってもらえることを誇りに思うんだな。ゴミのくせに運のいい野郎だぜ」

ぞっとしない話である。

どうしてそういうことを、すでに彫り始めてしまってから言い出すのだろうか。

そうだと知っていたなら、他の人を選んでいた。

しかし雷撃Ⅰの覇紋でありさえすれば、腕の良し悪しは関係ないはずである。

その上級生の言葉を受けてか、それまで誰に入れてもらうか決めかねていたクラスメイトたちも、俺のベッドの前に並び出した。

背中に入れてもらっているので見えないが、五分ほどで覇紋は彫り終わった。

入れ終わってしまえば痛みもなく、背中にはなんの違和感も残っていない。

たしかに背中であれば、怪我をしたとしても覇紋を傷つけられて魔法が使えなくなるというような事態は避けられる。

さっそく魔法を使ってみたい誘惑に駆られるが、俺ははやる気持ちを抑えて教室へと戻った。

教室に入ると、すでにクラスメイトたちが誰とパーティーを組むかというような話で盛り上がっている。

攻略本通りにやりたい俺としては誰かと組むこともできないし、シナリオに影響するようなことは極力避けたいので、教室のすみでおとなしくしているよりほかにない。

可能ならソロでやりたいというか、トニー師匠のチャートにはソロでしかできないようなことばかりが多く書かれすぎている。

誰かとパーティーを組むなんてこと、できるわけがないのだ。

教室内がわいわいと楽しそうに盛り上がっている中、俺だけはすみで顔を伏せていた。

これではまるで仲間外れにされているみたいだが、実際に俺のステータスでは組みたがるような奴もいないだろう。

幸か不幸か、ソロでやるには支障がないようだ。

パーティーの決まったクラスメイトたちは、さっそく授業のあとでダンジョンに行く相談をしている。

俺もダンジョンに入ってみたいので、予定を組むために攻略本を読み込む作業に移った。

攻略本には、誰に覇紋を入れてもらうかまで指定がなかったので、ゲームではそんな選択肢が出ないものなのだと思われる。

だから雷撃Ⅰであればなんでもいいはずだ。

まさか、あの先輩を選んだのは失敗だったのだろうか。

そんなことはないと信じたいところである。

何せ攻略本というのは俺のためではなく、物語の主人公に向けて書かれたものであるということが最大の懸念点なのだ。

だから選択肢が出ないからといって、正しい選択をしたという保証もなかった。

第二話　裏スキル

クラスでは最前列の席に座る主人公や神宮寺、花ヶ崎などの周りに人垣ができて、放課後のダンジョンダイブの話で盛り上がっていた。

俺とは対照的で、賑やかにしていて実に楽しそうだ。

「お前とは、誰も組まねーからな。期待すんなよ」

隣の席のモヒカンが、わざわざそんなことを教えてくれる。

自分だって学年でビリから二番目の席に座っているというのに、俺のことをどうこう言っている場合なのだろうか。

しばらくして新村教諭が戻ってくると、学校内の施設やレンタル武器の借り方などを一通り説明しただけで放課となった。

どの部活に入ろうかなどと話しながら、生徒たちが教室から出ていく。

それを横目に、俺はさっそく攻略本に示された通りに動いてみるつもりだった。

まずはダンジョンに行くよりも先にやることがある。

と言っても、攻略本には3―Bの教室に五十円と書かれているきりで、本当にそんなものを取ってしまって大丈夫なのだろうかと不安でしかない。

RPGでは、よく主人公がそんなことをしているものだが、ゲームが現実となった今、それはどう考えても違法行為であるように思えた。

しかし今の俺には、この攻略本以外に頼れるものなどない。

ちなみに、この世界では戦後のインフレを経験していないという歴史になっているので、五十円と言っても、元の世界で五千円くらいの価値がある。

一応、3―Bの教室前に行ってみるが、中には数人の生徒が残っていて、とても入ってみる勇気は湧(わ)いてこない。

しばらく待っていると教室から最後の生徒が消えたので、俺は恐る恐る教室内へと足を踏み入れた。

すばやく攻略本が示す辺りのロッカーを開けてみると、誰も使っていないのか、空っぽの空きロッカーがあるだけだ。

よく中を調べてみると、金属製の仕切り板の隙間(すきま)に折りたたまれた五十円札が挟まっていた。

きっと昔に卒業した生徒の残したものだろうから返すこともできないし、これはありがたく頂戴することにする。

それで気を良くした俺は、校内を回って攻略本に書かれたアイテムを回収した。

戦利品は、ポーション五つ、魔法スクロール一枚、お金百五十円である。

拾ったアイテムの中に、犯罪になりそうなものは一つもなかった。

どうせ届けたところで、持ち主など見つかりそうもないようなものばかりだ。

最初は攻略本に対して、そんなにうまくいくもんかといぶかしむ気持ちもあったが、もはやそんな気も起きなくなって、これを信じていれば大丈夫だという確信に変わりつつある。

用具室に行って木刀を一本借り受けると、俺はダンジョン入り口がある中庭へと向かった。

とりあえず攻略本には初日の行動について、こう書かれている。

最初はとにかくダンジョン内で、自分に向かってボルトを撃ち続けるよりほかにない。

ダンジョン内でやるのは、エーテル濃度の濃い場所の方が、HP／MPの回復にボーナスがつくからだ。

これから育てる剣士系にとっては、レベル1のうちに裏ステータスである魔法耐性スキルを上げておく必要があり、これを避けて通ることはできない。

魔法耐性に関しては、自分の魔法レベルが上がってしまうと回避判定が出せなくなり、自分の魔法でステータスを上げることができなくなってしまう。

そうなれば、もはや取り返しのつかない事態となり、最強など夢のまた夢だ。

逆に魔法職を目指す場合は、精神のステータスが上がると魔法を回避しやすくなるので普段のレベル上げだけでも事足りる。

だが魔法職の場合、今度は逆に物理攻撃に対する耐性スキルが上がらない。

魔法職はスライム相手に、物理耐性スキルと物理回避スキルを上げておく必要がある。

どちらに進むにしても、避けては通れない道なので、地道に励むべし。

これなくしては、下層階で一撃死の危険が避けられないため注意されたし。

ボルトというのは、さっきの覇紋で手に入れた魔法Ⅰスキルの雷撃魔法である。

俺はさっそくダンジョンに入り、すぐさま横道に入って、人けのなさそうな場所を目指した。

一階の入り口付近は敵が排除されているので、とくに何事もなく人けのない場所を見つけることができた。

俺は試しとばかりに、壁に向かってボルトの魔法を放ってみる。

「ボルト」の掛け声とともに、ビカリと電撃が走った。

あまりにも簡単に成功してしまって、なんだか現実感がない。

では、さっそく裏スキル上げを始めることにしようか。

準備万端とばかりに、今度は自分の胸に手を当ててボルトの魔法を放った。

すると跳び上がるほどの衝撃を受けて、俺は地面の上を転げ回るハメになった。

心臓が縮みあがったような感触がして、うまく呼吸もできない。

まさか心臓麻痺でも起こしたかと、必死で心臓のある辺りを叩いていると、なんとか鼓動が戻ってきた。

ヒューヒューと、浅い呼吸で痛みに耐えていたら、しばらくして呼吸の方も元に戻った。

あやうく心臓麻痺（まひ）を起こしかけて死ぬところだったではないか。

攻略本で調べてみると、ボルトには麻痺という状態異常の効果があるらしかった。

どうやら胴体にさえ当たらなければ状態異常は受けないらしいが、それにしたって痛みの方はどうすればいいというのか。

まさかゲームなら可能だけど、それが現実となった今では通用しない方法だということなのだろうか。

次は適当な石に腰かけて、自分の足に向かって恐る恐るボルトの魔法を放つ。

まだかなり痛いが、それでもさっきのように呼吸が止まるほどではなかった。

肉が焦げて煙まで出ているから軽傷というわけでもない。

一回でHPが3減り、MPは2減っている。

五分ほど痛みに耐えてじっとしていたらそれも回復した。

火傷も治っているので、これがエーテルによる回復力強化という奴の恩恵なのだろう。

通算三度目となるボルトを自分に放つが、こんなことを続けたら自分の精神の方が持たないのではないかという気がしてくる。

火傷は時間が経つと耐えがたい痛みに変わった。

俺はもう一度攻略本に目を通し、痛み止めになるようなアイテムでもないかと探してみる。

するとどうやら、この世界にはリングという防御アイテムが存在するようだった。

モンスターの落とすドロップアイテムで、装備するとダメージ軽減の効果があるらしい。

普通の金属やプラスチックで作られた装備もあるにはあるが、このリングにはそれを上回る効果があるような感じで書かれている。

しかも用具室でレンタルできるらしい。

もちろんゴム製の装備や、雷を吸収してくれるような装備も探してみたが、そんなに都合のいいものはなかった。

たとえあったとしても、それを使って魔法耐性が上がるとも思えない。

俺は急いで用具室まで走って、スライムリングなる腕輪を借り受けた。

しかもこれは、レンタルなのに返さなくていいらしい。

用具室から出てダンジョンに戻る途中で、花ヶ崎玲華とその友人たちが、主人公たちと共にダンジョンに入っていくのを見かけた。

その中には神宮司綾乃の姿もある。

同じパーティーではないだろうが、人気のある三人は取り巻きたちに囲まれながら、ダンジョンの中を楽しそうに歩いていた。

遠くから見ていたら、ふいに花ヶ崎と目が合ったような気がした。

はたして彼女の目には、今の俺がどんなふうに映っているのだろうか。

まあ、他人の目など気にしていても仕方がない。

すべきことがわかっているだけ、今の俺は恵まれた状況にある。

俺はさっきの場所に戻ると、今度はリングを着けてから自分の足に魔法を放った。

リングのダメージ軽減効果によって、少しだけ痺(しび)れたような感じはあるものの、さっきよりはかなりマシな火傷具合になっていた。

これならなんとか続けられそうだ。

スライムリング（F）
ダメージ軽減＋1

用具室でレンタルできる。

俺はデータ端末を取り出してＨＰにだけは注意しながら、攻略本を読みつつ、自分の足にボルトを放つ作業を続けた。

我慢できないことはないが、やはり時間が経つと耐えがたい痛みに襲われる。

二時間ほど続けるとズボンから焦げたにおいがしてきて、最初はまったくなかった完全回避が一度だけ起こったのを確認できた。

さらにしばらくすると、いきなり目の前にスライムが湧いた。

バレーボールくらいのそいつは、いきなり何もないところからパッと空中に現れた。

ぼよんぼよんと跳ねてから、いきなり俺めがけて一直線に飛び込んでくる。

飛び込んできたスライムは腹に衝突し、俺は水の入ったバスケットボールがぶつかったくらいの衝撃を受けて吹き飛ばされた。

ちょっと息が止まるくらいの勢いだ。

あわてて端末を確認したら、ＨＰは１しか減っていない。

試しにリングを外して受けてみたら、ＨＰが２減って、ゲロを吐いて地面の上をのたうち回るハメとなった。

さっき拾ったポーションをポケットから取り出して、蓋（ふた）を取ったら口の中に流し込む。

ポーションは味のしない液体だった。

レベルを上げるわけにはいかないので、このスライムはスキル上げに利用しようか。

物理回避と物理耐性は、後からいくらでも上げることができるらしいが、ある程度は上げておいた方がいいというのがトニー師匠の言葉でもある。

これはポーションを用意してからやらないと事故が起きて死ぬこともあるとの注意書きもされていた。

とはいえ、普段はふよふよと揺れているばかりで、たまの気まぐれでこちらに向かってくるような感じだから、それほどの脅威は感じない。

さっき拾ったポーションがまだあるので、俺はスライムの攻撃を避(よ)けながら、自分にボルトを撃つ作業を続けた。

なんとなく来そうなときに回避すると、それは回避ではなく逃げと判定されるので、攻撃を見てから避けることが肝心であるらしい。

スライムの攻撃を木刀で受け止めたら、ガードスキルと刀剣のスキルも上がる。

まあ、こんなスキルは後から嫌というほど上がるので、今は気にする必要がない。

回避し損ねて、さっきから物理耐性スキルばかり上がっているような気がするが、ただ自分にボルトを撃っているよりはましなので、気にせずに続けることにする。

一時間もしないうちにぜぇぜぇと息が上がって、何度かダンジョンから逃げ出すようにして中庭に戻り、ベンチで休憩を挟みながら続けた。

それから二時間したら、一度寮に戻って夕食を食べ、また同じことを続ける。

気絶したら確実に死ぬしかないので、計六時間ほどやったら、集中力が切れる前に地上へと戻った。

寮に帰ると、ロビーではテレビの前に人だかりができている。

有名な攻略ギルドの動画が流れているらしい。

その迫力ある戦いには目を奪われるものがあるが、そこに映る流れ弾一発で消滅する身としては、体が強張ってしまって見ていられたもんじゃない。

「さすが伊集院響子様のギルドだよな。ボスを一方的にボコってるぜ」

「おいおい、一番スゲーのは真田の六文銭だろ。それを忘れんなよ」

「あれが騎士ってクラスじゃないか。余裕で敵の攻撃に耐えてるよ。憧れるよな」

俺は無言でその場を去った。

けっきょく六時間もやって、完全回避は二回しか起きなかった。

スキルが上がるのは回避が起きた時だけだというから、先の長さが思いやられる。

周りはレベルも上がっているというのに、俺だけは何も進歩していないように思えた。

とくに展望も開けないまま、寮にある狭い個室に入ってベッドの上で横になった。

窓一つの狭い部屋の中には、ベッドやテーブルなどがあるだけで、それ以外にはテレビ、ラジオの一つすらない。

金があれば上等な部屋にも移れるらしいが、とんでもないような金額だった。

上等な部屋はいらなくとも、孤独を紛らわせるようなものは欲しい。

天井を見上げていると、周りの部屋から楽しそうな話し声が聞こえてきて、余計に孤独感だけが募った。

初期ステータスの低さから、周りには避けられているような感じがするし、このまま進歩もせずに退学になりそうな気もしてきて、なんともやるせない気持ちになる。

最初は人生を変えるチャンスのようにも思えたが、そんな気分もどこかへと行ってしまった。

攻略本の情報によれば、主人公がダンジョン攻略に失敗した場合、もしくは途中でゲームオーバーになった場合には、モンスターがあふれ出すゲートが街に現れて、世界の終わりが訪れるようなことまで書かれている。

そうでなくとも、モンスターがあふれ出すシナリオに進む確率は、決して低いとは言えないようだった。

そうなった場合、今の俺では何もできずに殺されるだけの未来しかない。

C級ゲートが開いただけで、確実にあの世行きだろう。

今の俺では、この世界のどこにも逃げ場なんてないのだ。

その日、寮のベッドで横になりながら、俺は主人公の無事を祈るよりほかにできることがなかった。

■■■

朝起きたら、全身がひどい筋肉痛である。

食堂で朝食を済ませたら、授業が始まる前に保健室へと行ってみることにした。

寮の外に出ると、すでに部活動の朝練をやっている生徒たちがいる。

そのやる気と向上心に感心する思いだ。

「筋肉痛くらいで回復魔法を要求されても困るな。今日だけは特別にかけてやるが、筋肉痛なんて最初だけだから、次からは我慢するんだ。レベルが上がればそんなのもなくなるはずなんだがな」

保健医だというナイスミドルの先生は、俺の要求に渋い顔をしながらそう言った。

このナイスミドルは、プリーストのクラスレベル8だそうである。

この世界では見習いがレベル5になると、必要条件を満たしたクラスへとクラスチェンジすることが可能になる。

そしてクラスレベルが一定に達すると、そのクラスレベルに応じた魔法やスキルを習得できるようになる。

「じゃあ、リバイブまでは覚えているわけですね」

「そんなスキルは聞いたことがない。俺が使えるのはハイヒールまでだ。大丈夫か。今の時点でメジャーなクラスとスキルくらい把握していないようじゃ、この先やっていけないぞ」

どういうことだろうか。

攻略本によれば、プリーストがクラスレベル8で覚えるのは間違いなくリバイブという、仲間を気絶状態から立ち上がらせる魔法だ。

本人がそれを知らないと言うのであれば、習得できなかったということだろうか。

もはや攻略本を疑う気が起きなくなっていた俺としては、この世界にはまだ知られてないクラスやスキルがあるのではないかという考えに思い至る。

周りの生徒が口にするのも、初級や中級のクラスばかりで、上級クラスは名前すら出てきたことがないのが不自然だった。

やはり命がけの世界ということで、それほど攻略も進んでいないのだろうか。

仮にそうだとしても、スキルに把握漏れがあるというのは、なんとも不自然に思える。

何せゲームでは、そのレベルに達したら自動で習得できるようなものなのだ。

一度、図書室に行って、スキル関係の本を漁ってみた方がいいかもしれない。

そう思い立った俺は、保健室から出たその足で図書室のある事務棟に向かった。

結論から言えば、やはり、この世界では一部のクラスやスキルしか知られていないようだった。

とくに、就いてる者が少ないクラスに関しては、スキルに関する情報もほとんど公開されていない。

しかもクラスの解放条件は、一部のギルドや貴族、国家などが秘匿しているものがほとんどで、一般に知られているのは全体のほんの一握りだ。

これでは、よっぽど強いコネか大金でもないと、中位クラスすら解放できない。

海外との開発競争も激しいようだから、おそらく軍事機密という意味合いが強いのだろうと思われる。

となると、やはりダンジョン攻略は、国家運営と密接に関わっているらしい。

レベルをちょっと上げただけで銃弾も跳ね返すほどに体が強化されるのだから、それもそうかなという気はしていた。

国としてはダンジョン探索を奨励しないわけにはいかないが、いざという時、取り押さえることもできないような探索者が量産されてしまえば、治安の維持すらあやうくなる。

だから、ある程度の身分と引き換えに徴兵の義務を課すことでしか、レアなクラスに関する情報を与えることができないのだ。

そうしなければ、レアクラスに就いた探索者を国は把握することができない。

もし、レアクラスに就かせる人間の数を絞らなければ、どこから情報が漏れたのかさえわからなくなるだろう。

機密を維持するためにも、それが必要なことなのだ。

そんな世界であれば、やはり俺は絶対的に有利な立場にあるようだ。

銃は今でもあるにはあるが、ライフル弾であっても高レベルの探索者には微々たるダメージしか与えられないらしい。

ダンジョンの探索でも初期の頃には銃が使われていたようだが、あんな狭い空間では反響する音に耳をやられて、周囲の音が何も聞こえなくなってしまう。

そうなれば危険を察知することもできなくなって、とてもあんな場所にはいられない。

何せ、モンスターが自分の真後ろにいきなり湧いて出てきたりするのだ。

そういうこともあって自然と銃は使われなくなっていったのではないかと思われる。

とにかく、攻略本に書かれている情報はうかつに喋(しゃべ)らない方がよさそうだ。

国家機密に関わっているし、世界間のパワーバランスさえも揺るがしかねない。

そんな情報を知っているというだけで、かなり危険な状況に置かれているような気さえする。

しかし、この世界の住人には真っ白の本に見えるらしいから、とにかく俺が話しさえしなければ情報が洩れる心配はない。

血の気の多い奴もいるし、危険な組織もあるようだし、何より国家機密のようなことを吹いてまわるような真似(まね)をすれば、逮捕されたって不思議ではない。

俺には後ろ盾となる組織もない、ただの底辺なのだ。

そのあたりのことは肝に銘じておこう。

■■■

朝のHRで軽く自己紹介を済ませると、入学二日目にして早くもダンジョンダイブなる授業が組まれていた。

もちろんそれさえも攻略本で予習済みなので問題はない。

配られた教科書を見ても、高校教育を終えて受験勉強までした俺には普通科目の授業に心配はなさそうだ。

問題があるとすれば、攻略本の記述とは日付が一日ずれていたことだろうか。

そのことについては昨日の夜になってから気が付いた。

入学の日付すら一日ずれているのだから、攻略本の内容にも警戒が必要になる。

ただの誤植ならばいいが、まさかゲームのシナリオから外れて、この世界で何かが起きようとしているなんて可能性も考えられた。

すでに信じ切っていたというのに、ここに来てまさかの裏切りにあったような気分だ。

さらに言えば、この攻略本に書かれた内容は、ほぼ主人公かカスタムキャラについて書かれたものであって、途中でストーリーからも退場するようなキャラである俺にも、そこに書かれたことが通用するのかどうかはわからないという問題もある。

それに途中でシナリオに改編を加えてしまえば、二度と攻略本のシナリオ通りにはならない可能性もあった。

俺が派手に動いたりすれば、確実にシナリオは書き換わってしまうだろうし、力をつけるまでは、できるだけ慎重に行動した方がいいだろう。

とりあえず今日のダンジョンダイブは、昼食後にダンジョンに入って二層まで行くというだけのことだから、クラスメイトから離れなければ戦う必要はない。

攻略本にも、周りから離れなければ戦闘は起こらないと書かれていた。

すでにパーティーを組んでいると、そのままダンジョンダイブすることになるので、その場合はまっすぐ地上に戻ってこいとある。

現実となった世界で、そんなことをすれば不自然極まりないし、もし仮に俺がパーティーを組んでいてもリーダーにはなれないだろうから、そんな行動はとれない。

抜け出す言い訳も難しいし、やはりソロのままでいる必要がある。

端末からはクラスメイトの情報も見られるのだが、朝、教室に来て情報が更新された時には、ほとんどの生徒がレベル3以上になっていた。

レベル4以上の生徒は、入学前にダンジョンに入ってレベルを上げていたのだろう。

現時点でレベルが一番高いのは、花ヶ崎玲華のレベル6である。

次点で、神宮寺綾乃がレベル5だった。

そして、主人公パーティーの男三人がレベル4になっている。

これは昨日の一日だけで、そこまでレベルを上げたものと思われた。

「ちょっとスライムを倒しただけでレベルが上がるのに、どうしてお前はレベル1のままなんだよ。もしかしてスライムも倒せなかったのか」

「まだ戦っていないだけだ」

朝の教室で話しかけてきたのは、俺にライバル心でも燃やしているのか、いつもの底辺仲間のモヒカン君である。

むしろ俺に話しかけてくるのは彼くらいしかいない。

「いくらステータスが一桁だからって、スライムくらいは倒せると思うけどな。あっ、一桁じゃないステータスもあったか。わりぃわりぃ」

わざわざ周りに聞こえるように話す必要もないだろうに大声で話すから、クラスメイトたちも驚いた顔でこちらを見ている。

にやけ顔で話しているから、おそらくわざとなのだろう。

好奇の視線を向けられて、ヒソヒソと話す声まで聞こえてくるのは非常に居心地が悪い。

しかも、さげすむような視線まで混じっているからなおさらだ。

底辺同士の仲間意識から話しかけてくるのかとも思ったが、どうやらそうではないようだ。

しかし俺の方が優位な立場にいるのは明らかなので、目くじらを立てる必要はない。

同じ底辺ではあるが、俺と彼には決定的な違いがある。

攻略本を持っているかいないかだ。

せいぜい慢心していればいい。

「スライムくらい倒せるさ。まだ試してないけどな」

「もしよかったら、俺がレベル上げを手伝おうか」

そう言ってきたのは、このゲームの主人公である一条一馬だった。

おそらくデフォルトの名前なのだろうが、少し変な感じがする。

しかし名前とは裏腹に、高ステータスにユニークスキル、特殊魔法まで持った万能キャラである。

そのスキルを使われただけで、今の俺など消えてなくなるに違いない。

整った顔立ちに正義感を思わせる表情から、まさに主人公という感じである。

「その必要はない」

まるで会話を打ち切るように、俺はそう言った。

なるべく関わりを持ちたくないから、とにかくクラスメイトにはそっけない対応を心掛ける。

必要以上のことを話して、打ち解ける必要などないのだ。

そんなことをしても、絞まりかけている自分の首をさらに絞めるだけの行為にしかならない。

「そうかい。でも助けが必要になったときは、いつでも言ってくれ」

俺のそっけない対応にも気を悪くした様子はなく、彼はさわやかな笑顔で応えた。

さすがに主人公だけあって、その存在感と立ち居振る舞いには目を見張るものがある。

一条が会話に入ってきただけで、モヒカンなどは一言も言葉を発せなくなっていた。

「クラス対抗の試験もあるし、必要な時はいつでも声をかけてくれて構わないよ。全体の底上げをするのは、僕らのためでもあるからね。迷惑を考える必要はないからさ」

と言ったのは、すでに主人公のパーティーメンバーである風間洋二だ。

朝のHRでクラス委員長にも選ばれており、どうやら成績も優秀らしい。

俺は片手を振って、その言葉に応じた。

べつに遠慮しているわけではないどころか、少し迷惑だなと感じたくらいである。

とにかく今はレベルが上げられないので、俺のレベルに関して興味を持つようなことはやめてもらいたい。

クラスのためにレベルを上げろと言われたら、今の俺にはその強制力に逆らうだけの力がないのだ。

俺としては、できるだけ穏便に自分の攻略チャートを進めたいだけである。

主人公パーティーである彼らは、まさかそんな強制をするなんてことはしてこないだろうが、隣のモヒカンはわからない。

クラスには血の気の多そうな輩もいるので、話が変な方向に転んでもらっては困る。

一条は、それ以上何も言わずに、女の子たちの待つ自分の席へと戻っていった。

「ああ言ってくれてるんだ。せっかくなんだから手伝ってもらえよ」

モヒカンの言葉には答えず、俺は窓の外に視線を移した。

こんなにわかりやすくクラスの最下位であることを主張する悪意の籠った席順であっても、この窓際という一点だけは唯一幸運な要素である。

教室内の人間関係も見渡せる位置にいるし、窓の外を見ていれば話しかけられることもない。

■■■

ダンジョンダイブが始まったら、さっきまでは避けるようにしていたクラスメイトたちの輪の中に入って歩調を合わせ、授業が終わったら、そのまま走るようにして昨日の定位置まで戻ってきた。

そこにはまだ昨日のスライムが狩られずにいたので、そいつと共に裏スキル上げを開始する。

最初の一発目から完全回避が出て、幸先は良さそうだ。

この作業は経過とともにスキルも上がりやすくなるので、スキルの上昇を感じられるのはやりがいにもなる。

今日もまた時間はたっぷりとあるので、スキル上げの時間も十分に取れる。

物理回避の方も発動して、スライムの体当たりに体が勝手に反応するように攻撃がすり抜けていった。

昨日の反省を踏まえて、なるべく体力を消費しないように最小限の動きを心掛けてかわし続けるようにする。

三十分もしないうちに汗をかき始め、痛みでボルトを撃つのにもためらいが生じ始める。

一時間ほどして、そろそろ休憩しようかと考えだした頃、どこからともなく飛んできたガラス片のようなものが突き刺さって、中の液体があふれ出てしまったスライムは動かなくなった。

「なんてひどいことを!」

叫びながら後ろを振り返ると、そこには花ヶ崎玲華が立っていた。

薄暗いダンジョンという、あまりにも場違いなところに現れた美しい少女に、一瞬だけ認識が追いつかなくて、何が起きたのかすらわからなくなった。

まさかピンチであると勘違いして、助けに入ってきたとでもいうのだろうか。

スライムに愛着が湧いていた俺は、咄嗟に変なことを口走っていた。

「その、大丈夫なのかしら」

俺から視線を外して、花ヶ崎は気まずそうにそう言った。

その彫刻を思わせる横顔は、均整の取れた奇跡的なまでの線を描き出している。

制服の上から高級そうな白いローブを羽織って、まさに魔法使いという出で立ちだ。

その手には、レンタル品ではない蒼い杖が握られていた。

「……あ、ああ。苦戦してたから助かったよ」

誤魔化そうとして余計におかしなことを言っている。

これでまたスライムに苦戦していたとか、変な噂を流されることになるのだろうか。

花ヶ崎の容姿に気を取られてしまって、話す内容にまで気が回らない。

「手助けは必要かしら」

気を引き締めよう。

俺が最も接触を避けなければならないのは、このゲームの主要な登場人物たちだ。

シナリオにも深く絡んでいるし、主人公の邪魔をすれば世界を破滅させてしまう危険性すらも秘めている。

「必要ない。それよりも、なんの用だ」

「声が聞こえたから来てみたのよ。無事ならいいの」

あっとか、うっとか、ボルトを撃つたびに上げていたうめき声のことを言っているのだろう。

我慢できるというだけで、まだかなり痛いから、うめき声が漏れてしまうのは仕方がない。

それで話は済んだだろうに、なぜか彼女はその場に突っ立ったまま立ち去ろうとはしなかった。

ただでさえスキル上げには苦労しているから、一瞬たりとも時間は無駄にしたくない。

いくら美人であっても、早急にどこかへと消えてほしいところである。

「用がないなら一人にしてくれないか」

俺の言葉には何も答えず、花ヶ崎は世間話でもするように言った。

「レベルの方は上がったのかしら」

「いや、からっきしだよ」

これではスライムさえも倒せないと言っているようなものだが、今の俺にとっては周りの風評よりも自身の攻略チャートから外れないことの方が重要である。

俺が今頼れるのは、攻略本に記された情報だけなのだ。

「もし、苦戦するようなら、レベル上げを手伝ってもらってから倒せばいいじゃないの」

「苦戦はしてない。一人で問題なく倒せる」

不愛想というよりは、意地を張っているだけのようにも聞こえてしまいそうだが、かといって余計な会話に繋(つな)がりそうな受け答えもできない。

俺はできるだけ穏やかな表情を見せるように心掛けた。

「そう、ならいいのよ」

さすがにスライム相手に苦戦していたなんて話は信じていないのか、花ヶ崎はあっさりと納得した様子を見せて、それきりどこかへと行ってしまった。

彼女はこんなところで何をしていたのだろうか。

俺はまた一人きりになって、青白く発光している石の上に腰を下ろした。

バチンッ、と自分の足にボルトを放って、今度はうめき声も我慢する。

スライムもいなくなってしまったので、また攻略本でも読みながら続けることにするか。

自分に適用されるのかもわからず、検証することもできない内容だから、せめて慎重に書かれた内容を精査しておきたい。

自分の命をかけるにはどうにも心許(こころもと)なく、攻略本のお気楽な感じで書かれたフランクな文体が俺を不安にさせた。

それでも、こんなものしか頼れるものがないのも事実だ。

とりあえずスタンピードが起こるという、迷宮暴走のシナリオフラグだけは、なんとしても主人公に阻止してもらいたい。

自分ではなく主人公のシナリオの進み具合でしか、そのフラグを解除できないというのがもどかしい。

今の俺では、本当にモンスターに踏みつぶされて終わりなんてこともあり得る。

それにしても、トニー師匠の言葉は丸っきり信じてしまっていいものなのだろうか。

俺が今目指している戦い方というのは、とにかく攻撃に全振りしたものであるらしい。

戦略としては、回避や耐久などは捨てて、ダメージはすべて体で受け止め、魔法で回復しながら戦えということのようだった。

ゲームならそれでいいのかもしれないが、ここは現実の世界である。

まさに肉を切らせて骨を断つ作戦だとは、トニー三平の言葉だ。

それが一番リスクが少なく、ダメージを受け止められるだけのＨＰを得るのが最も安全で、攻略も安定するという考えに基づいているらしい。

前衛職なら、最低限の打たれ強さもレベルの上昇とともに自然と得られるし、ＭＰ消費のない物理攻撃職の方が燃費がいいため経験値を稼ぎやすいとあった。

それに攻撃を受けたところで、魔法で簡単かつ一瞬のうちに回復できるのだから、どんなにダメージを受けたとしても気にする必要はないとのことだ。

敏捷性が足りなくて逃げるという選択肢が取りにくい魔法職はリスクが大きいし、耐久力もないから、ソロでは万が一のことが避けられないらしい。

モンスターが落とすアイテムの中で、ダメージを軽減する効果のある装備はリングと盾のみとのことだが、普通に売られている工場で作られた装備もあることにはある。

クラスメイトの中には金属の鎧（よろい）やプロテクターなどを用意している者さえいた。

しかし、それらは重たいだけで視界を遮るし、魔法的な攻撃からは守られず、さらには動きも制限されるので厄介らしい。

それにダンジョン内で暴れていればすぐ壊れてしまうので修理費も高くつくから、かなりの金食い虫であるようだった。

それよりは武器と消耗品に金を使って、ポーションくらいは常に持っておいた方がいいというのがトニー師匠の考えである。

師匠は必要ないと断じているが、痛いのが嫌な俺としては、動きを制限しない程度のものは用意しておきたいかなと考えている。

ゲームとは違って腹に攻撃を受ければゲロだって吐くし、頭に攻撃を食らえば脳震盪(のうしんとう)だって起こすだろうからな。

脳震盪を起こしながらでも回復魔法を唱えられるようにする訓練は、別途しておいた方がいいだろうか。

やはり攻略チャートも、コラムの内容通りにではなく、多少の変更が必要なようである。

当たり前の話だが、命がかかっている以上は安全というのを最も重要視すべきだ。

攻略本の認識と現在の状況で一番食い違っているところは、ゲームオーバーになることが死を意味するというところである。

ゲームのように、死んでトライアンドエラーをするなんてのはもってのほかなのだ。

とにかく身代わりの指輪だけは、早いところ手に入れておきたい。

そもそも俺のようなステータスのものが、レベル１のまま二層に行くという、今日のような訓練だって、本当はかなりの危険をはらんでいたと言える。

ゲームではないのだから、やり直しは利かないのだ。

それに揉(も)め事に巻き込まれて、流れ弾に当たるという可能性だって無きにしもあらずだ。

しかし身代わりの指輪は、そんな簡単に手に入るようなアイテムではなかった。

休憩がてら、夕食の時にでも購買部に装備を見に行こうと決めた。

■■■

購買部で最初に目についたのは、ポケットのたくさんついたカーゴパンツと、ウールでできたカットソー、それに皮手袋とブーツのセットだった。

どれもダンジョン内の陰の色である紺色で統一されていて、ウール素材には耐火性もあって、ダンジョン内の寒さや装備品から体温が奪われることを防いでくれる。

ブーツには足首を守る効果もあるだろうし、これはぜひともセットで買っておきたい。

それにプラスして、革のジャケットもトニー師匠の教えに反さない程度には防御力も期待できることから欲しいところである。

俺は学園で拾った魔法書という素材アイテムを売ることにした。

それが三百円にもなったので、二百四十円のセット装備にプラスして百六十円の革ジャンを買った。

これで拾ったお金もすべて吐き出してしまったから、また無一文に逆戻りだ。

レンタルの武器しかないというのに、防具にここまで費やしてしまったことに不安が残る。

しかし制服もこれ以上は汚したくはないし、仕方のない出費だったと考えるしかない。

その後、食堂にも行ったが、ギラギラした装備を身に着けた上級生も多く、魔法を撃ち合うような、じゃれ合いだかなんだかわからないようなことをしていて、まったく生きた心地がしなかった。

食事が済んだら寮の部屋で新しく買った服に着替えて、またダンジョンの定位置に戻る。

まだスライムは現れないので、自分の体にボルトを放ち始めるが、やっと完全回避の成功がそれなりに出るようになってきた。

魔力が13しかない俺の魔法でも、これだけ回避が起きにくいのだから、まともにやってたら、この裏スキルは一生育たなかっただろう。

最初は数百回やって一～二回程度の回避しか起きなかったが、今では数十回に一回くらいは回避できるようになっていた。

ゲームならここまでで二～三時間の作業らしいが、俺の場合は現実なので、すでに十五時間以上は経過している。

スキルが100まで育つと魔法ダメージ半減効果が100%発現するようになり、それ以降はスキル1ごとにダメージが1%ずつ軽減されるようになる。

今のままだと、上がりにくいはずの魔法熟練度の方が早く上がりきってしまうかもしれず、魔法の失敗だけは減ってきた。

この世界の魔法は、どうやら初期値では十回に三回くらいは失敗する。

魔法熟練度のスキルが100を超えると、それ以降はスキル1ごとに1%ずつリキャストタイムが軽減され、ダメージが1%ずつ上がる。

これら裏ステータススキルのマックス値は150だ。

やってて気付いたのだが、背中の覇紋がある辺りに魔力のようなものを集めると、手のひらから何か出そうな感触があって、そのまま魔法を発動することができた。

いきなり無詠唱魔法が完成してしまったが、このくらいは周りもやっている。

そのままダンジョンの二日目は何事もなく終わった。

まあ数分に一回、自分にボルトを撃つだけなので、何事もあるはずがない。

早くレベルを上げて、周りを見返したいものだ。
明日学校に行けば、二日間は土日で休みになるから、その間に上げてしまおうと思う。

第三話　レベル3にもなれない男

「オマエ、まだレベル1のままなのかよ」

進歩ねえな、という感じで隣のモヒカンに言われてしまった。

実質的には年下である彼に、こんな感じで絡まれるのはどうもしっくりこない。

「昨日は買い物をしてたからな」

「いいかげん一条たちに頼めよ」

俺は何度同じことを言わせるのだと呆れながら言った。

「必要ない」

「おい、俺がアドバイスしてやってんだから、その態度はないだろ！」

いきなりヒステリックな怒声を浴びせられ、俺はそこで初めてモヒカンの顔をまともに見た。

まともに対応する気がないとわかりやすく態度で示しているのに鬱陶しい奴だ。

声を荒らげてまで他人を否定する必要が、いったいどこにあるという話だ。

入学してまだ何日も経ってないというのに、すでにステータスが人間の価値のすべてという学園の風潮にでも染まってしまったのか。

仲良くなるつもりはないので、ぶっきらぼうに言い返す。

「アドバイスは必要ない。自分の心配でもしてろ」

俺がいなければ、このクラスの最下位は自分だというのに、どうして俺に上から目線で指図するのだろう。

　とはいえ、今の段階でコイツと喧嘩になっても、勝てる見込みがないというのは悲しくなる。

　クラス内の注目が俺たちに集まっているので、何か言おうかとも思ったが、それより先に新村教諭が現れて朝のHRが始まってくれた。

　しかし、この新村教諭までもが俺のレベルに関して話し始めてしまう。

「なるべく早めに、レベル3にはなっておかないと危険だぞ。授業で死ぬこともあるんだ。毎年、こぞってダンジョンに入りたがるから、こんなことは言ったことがないんだがな」

　イラっとした俺は、つい言ってしまった。

「余計なお世話ですよ」

　俺の返答に憤慨する様子もなく、新村教諭は真面目くさった顔で続ける。

「そうはいかない。こっちはお前たちの命を預かっているんだ。仕方のない場合はあるが、レベル5以下で死なれるのは、それ以前の問題だ。誰か、高杉を手伝ってやれないか。そうだな、一番レベルが先行しているのは花ヶ崎か。お前が責任を持って、月曜までに高杉をレベル3まで上げてやってくれないか」

「はい、わかりました」

　教室の、俺とは正反対の場所から、そんな軽やかな声が聞こえる。

　他の男子連中が、隣のモヒカンを含め舌打ちしていた。

　だが舌打ちしたいのは俺の方だ。

　攻略本の情報はかなり秘匿優先度の高い情報なので、一緒にレベル上げなどできるわけがない。

面倒なことに、端末にはチャットや通信機能に加えて、ダンジョンや寮、教室など、どこに誰がいるのかまで、おおよそわかってしまうアプリが入っている。

元々ギャルゲー的な要素があるゲームだから、そのような機能がついているのだ。

HRが終わると、隣のモヒカンの席にチャラチャラした雰囲気の奴らが集まってきた。

「どうしたんだよ。隣の奴と揉めてんのか」

そう言ったのは、チャラそうな茶髪のロン毛だった。

「そんなんじゃねーけどよ。こいつが生意気なこと言うからさ」

集まってきたのは、いわゆる不良グループといった感じの奴らで、今までは俺に興味もなさそうだったのに、モヒカンのせいで余計な注目をされてしまった。

目立ちたくないというのについてない。

どんなに努力していても、こういった不確定要素はなくしようがない。

隣の席からは、何やらヒソヒソと話す声が聞こえてきて、なんとなく視線を感じるから非常に居心地が悪い。

そんな居心地の悪い時間も過ぎて、実技の授業が始まった。

校庭の訓練場に出て魔法の練習である。

俺は授業中に裏ステータス上げができないかと考えたが、音がうるさいので気付かれずにやるのは無理そうだった。

最悪なことに、練習場には的が五つしかないので、他の生徒に見学されながらやることになるらしい。

周りからは、すぐに派手な破壊音が鳴り始める。

順番が回ってきたので仕方なく俺もみんなの前に立つと、的に向かってボルトの魔法を放った。

俺のボルトは細長い光の線となって、ヒョロヒョロと明後日の方向に消えていった。

とたんに、クスクスと笑うような声が聞こえてくる。

これがいわゆる魔法の失敗である。

すでに魔法熟練度も上がって、失敗することも減っていたというのにこれだ。

さらには、周りのクラスメイトは間髪入れずに魔法を放っているというのに、俺だけは二発ごとにインターバルが必要になる。

しかも俺の魔法は的に当たったとしても、こっちまで音が届かないくらい小さな音だった。

どうやら魔法が当たった時の音は、魔力の数値に比例するらしい。

隣では、花ヶ崎が氷の弾丸を的の中央に命中させて、周りを沸かせていた。

かなり魔法熟練度も鍛えているようにみえる。

彼女は貴族だし、学校に入学する前から護衛付きでダンジョンに入っていたらしく、最初からレベルも高かった。

それが貴族にとっては普通のことのようである。

Aクラスには、普段から護衛付きでダンジョンダイブしている生徒すらいた。

家紋の入ったおそろいのコートを着てダンジョンに入っていく姿を何度も目にしている。

あれは全部家来だという噂で、家を継ぐには、他の兄弟よりもダンジョンの到達階数で上回らなければならないらしい。

有名攻略ギルド以上の働きを残すことが貴族の使命であるという話だ。

「そんな初歩魔法を、ちょこっと撃っただけで休憩が必要になるのかよ。いくら前衛だからって威力もねーしさ。対抗戦で足を引っ張るようなら、学園から追い出されちまうぞ」

クラスメイトのロン毛が、俺に向かってヤジを飛ばした。

対抗戦など、今のDクラスに勝機などないと知っている俺としては興味もない話だ。

「的に届いてるだけでたいしたもんじゃねーか」

そう言って笑ったのはモヒカンだった。

言いたい放題な言われようである。

「まあまあ、今の段階じゃなんとも言えないよ。そんなに絡まなくてもいいじゃないか」

そして、そんな俺をわざわざ庇いに来たのは一条である。

そんな一条の顔を見て、ロン毛は苦虫を噛み潰したような顔になった。

「お前は甘すぎんだよ」

一条が来てしまっては、ロン毛など捨て台詞を残して引き下がるしかない。

どうも花ヶ崎が絡んできてから、俺に対する周りの悪意が強まったように感じる。

なんで話したこともないような奴から、あんなことを言われなければならないのだ。

それでも俺の順番は終わったので、ほっとしながら後ろの芝生の上に座り込んだ。

そしたら、端末に着信があってメッセージが届いていた。

花ヶ崎　玲華
　授業が終わったら、教室で待っていて

　すでに花ヶ崎は休憩に入っていて、そこでメッセージを送ってきたらしい。

　非常にめんどくさいことになった。

　俺は授業が終わったらさっさと教室を抜け出して、更衣室で着替えを済ませてダンジョンのいつもの場所に向かった。

　いつもの場所では、制服姿の花ヶ崎がすでにその場所に立っていて、俺は思わず悲鳴を上げそうになった。

　長い黒髪がホラーのようで、これは単純に怖かったのだ。

　しかし顔を見ると、ダンジョンには似つかわしくない美貌（びぼう）がそこにはあった。

「どうして逃げるのかしら。私になんの不満があるというの」

　不機嫌そうな様子でそんなことを言われる。

　しかし、いつもの無表情だから、怒っているのかどうかはわからない。

　どちらにしろ俺の方にも都合があるので、ここで引くわけにはいかない。

「自分のペースでやりたいんだ。指図されることに不満がある」

「あなたが、ここに隠れて何をしているのかなら知っているわ。だから隠す必要はないのよ」

　まさか昨日は帰ったと見せかけて、その後で覗いていたのだろうか。

ここはダンジョンのどん詰まりで、滅多なことでは人が来ないから、入り口方向を確認すらしていなかった。

だから見られていたというなら、その可能性は大いにある。

しかし俺が上げている裏ステータスに関しては、この世界の住人には観測すら不可能な数値のはずだから、何をしていたかまではわかりようがない。

ならばなんとでも言い逃れはできる。

「自分にボルトの魔法を使いながらでもいいのよ。私についてくれば、この辺りで危険がなくなるくらいまでは、レベルを上げてあげるわ」

なんと言ったものかと、しばらく途方に暮れてから俺は口を開いた。

途方に暮れているのは彼女も同じなようで、なんとも気まずそうだ。

「まだ、レベルを上げるわけにはいかない。その前にすべきことがある」

さて、これでどう出てくるか。

もし力ずくで来るというのなら、こっちも全力で逃げなきゃならない。

「それは本当にすべきことなのかしら」

花ヶ崎は感情の読めない無表情で、呟くように言った。

「証明はできないな」

と言ったら、彼女は思案するそぶりを見せた。

もう何をやっているかはばれてしまったので、俺は遠慮なく自分の足にボルトを放つ。

「なんのために必要なことなのか聞いてもいいかしら」

「最強になるためだよ」

　彼女は一瞬だけ不意を突かれたように真顔になったかと思うと、すぐに笑みを浮かべて俺から視線を逸らした。

　その態度は馬鹿にされているようで、ちょっとだけ傷つく。

　しかし、この学園では、ほぼすべての人間が最強を目指していると言っても過言ではないため、容易く成せるようなことではない。

　俺のステータスを知っている人間がそれを聞いたら、笑うなと言う方が無理な話だ。

「素敵な目標ですこと。でも、簡単なことではないわ。ゲームのようなものとは違うのよ」

「いや、ゲームだろ」

　つい反射的にそう答えてしまったが、彼女は冗談を言ったと受け取るだろう。

　この現実となった世界では、才能やらなんやらが必要になるから、俺には最強を目指す資格がないとでも言いたいのだろうか。

　そんなものはくそくらえだ。

「命の危険があるというのに、冗談を言っている場合なのかしら。あなたが強情を張っていると、私まで評価を落としてしまうわ」

「それは安請け合いが過ぎたな」

　俺の言葉に怒った様子も見せずに、花ヶ崎はいつもの無表情のままだ。

　愛想笑いの一つでもすれば、もう少しこっちの警戒心も薄れるというのに、まったく表情を動かす気がないような感じである。

「そう。無理にと言っても、あなたは本気で逃げ出すのでしょうね。いいわ、こうしましょう。あなたはＨＰとＭＰが自然回復するのを待っているようだけれど、それは大変なはずだわ。だから私がＭＰの回復を助けるネックレスを貸してあげる。それと減ったＨＰも私が回復してあげるわ。それなら時間が節約できるのだから、あなたにとっても悪い話ではないのではなくって」

　回復を待つのが一番つらかった俺にとって、それは本当に悪くない提案だった。

　金もないから装備で埋め合わせることもできずに、この薄暗い洞窟（どうくつ）のすみで、ひたすら時間を潰していたのだ。

　やっていることを知られてしまった以上は、それで何か、これ以上こちらの秘密がバレる心配もない。

「悪くない提案だな」

「そう。なら、あなたの自傷癖が気の済むまで続けるといいわ。それで気が済んだなら、私にレベルを上げられなさい。私とパーティーを組めば、三時間とかからないわよ」

　それは願ってもない提案だが、それで彼女にどんなメリットがあるのだろうか。

　もちろん、この世界における強くなるための情報には黄金に匹敵する価値がある。

　しかし、この最弱の男からそれを得られるなんて、普通は思いもつかないだろう。

　まさか攻略本の存在に気が付いたとでもいうのだろうか。

　それ以上考えてもらちが明かないので、俺は彼女の提案を受け入れることにした。

　たとえ攻略本を持っていたとしても、彼女が持っているネックレスと同じものを手に入れる方法などないのだ。

それを貸してくれるというのだから、おとなしく借りておけばいい。

うまくいった暁には、彼女は教師からの心証が良くなり、俺は裏ステータス上げの苦行から解放される。

「そのネックレスを借りよう」

彼女から渡されたネックレスは、なんの変哲もない、細長い水晶のような石に紐(ひも)を通しただけのものだった。

それだけのものなのに価値としては百万、つまり元の世界の通貨に換算して一億円近い価値がある。

まさに貴族でもなければ、そんなものを手に入れることはできない。

ゲーム内のフレーバーテキストでは、水晶の内側に高濃度のエーテル結晶体があって、それが奇跡的な働きで魔力を供給してくれるそうである。

そんなものが壊れたら、エーテル中毒で廃人になるのではとも思うが、ゲームだからアイテムが壊れたりはしないのだろう。

エーテルとは、この世界における力の根源で、なんとなく放射能に近い説明がなされている不思議パワーだ。

エーテル結晶体はそのまま放射性物質のようなものであり、少量であれば人間を強くしてくれるが、高濃度を浴びすぎれば精神が崩壊して廃人になってしまう。

ネックレスは、ごくまれにモンスターが落とすアイテムだ。

装備してみると、たしかにMPがどんどん回復するので、価値のあるアイテムだった。

五分で2しか回復しなかったものが、十秒おきに2回復する。

しかしインターバルがなくなったことで、痛みの方は最初にも増して俺の精神を蝕むようになった。

彼女のヒールによって火傷の傷は元通りになるのだが、なぜか痛みだけは残る。

今の俺でも数回はボルトに耐えられるが、彼女は一回一回律義に回復してくれていた。

二人で壁際の石に腰かけ、無言でひたすら魔法を使い続ける。

彼女は魔法使いのクラスであるはずなのにヒールを使っているから、治療の覇紋を入れているようだった。

「白い紙の本がそんなに面白いのかしら。この私と一緒にいるというのに、こちらを見もしないのね。それとも緊張してしまって目も合わせられないのかしら」

不意に彼女がそんなことを言った。

「余計なことに興味を持つな。それよりも覇紋を見せてくれないか。治療の覇紋だ」

「そんなことは恋人にでも頼みなさい、と言いたいところだけど。いいわ、特別に見せてあげる。でも残念ね。私は腰に入れているのよ。あなたが期待するようなところには入れてないわ」

そう言って、彼女は制服のブラウスをまくり上げた。

さすがの俺もドキリとして、昨日今日知り合ったばかりの異性に頼むことではなかったかなと反省した。

花ヶ崎の覇紋は、治療Ⅲという裏技的なのを抜いたら最もレア度の高いものだった。

回復量が多く、その分インターバルは長めになっている。

陶器のような肌に彫られた覇紋は、まだ小さいので育ってはいない。

「第三世代の複雑なやつだな。さすが貴族様だ」

「よく知っているわね。つい最近まで、ある貴族家の秘伝だったから、知っている人は少ないのよ。そんな知識を自慢するために、わざわざ見たいと言い出したのかしら。やはり下心から出た言葉のようね」

そんな軽口には付き合っていられないので、俺は最低限の言葉で返した。

「どう解釈しようが、お前の自由だよ」

どうやら、このお嬢様は、ずいぶんと自分に自信があるらしい。

いや、現実を正しく把握していると言うべきか。

「それで最強を目指すあなたは、どんな覇紋を入れる予定があるのかしら。参考までに聞かせてほしいわね」

暇つぶしのためなのか、花ヶ崎は興味もなさそうにそんなことを言い出す。

俺はどうせ信じないだろうとわかっていたので、本当の予定を話そうとした。

「第四世代の治療と――」

「治療は第三世代までしかないわ。私の話を聞いていなかったの」

俺の言葉に被せるように花ケ崎が言った。

まあ、この世界の常識で言えばそうなのだが、俺は本当にそれを入れる予定がある。

しかし、それをここで言っても仕方がない。

「もういい。それ以上は秘密だ」

「あら、そうなの。私には話せないというわけね。じゃあボルトを続けましょう。なんなら私もボルトの方を手伝ってあげましょうか」

花ヶ崎に小さな手のひらをかざされて、俺は大きく跳び上がった。

こいつの魔力で魔法なんか使われた日には、俺などイチコロで消し炭になってしまう。

どうやら冗談だったらしく、跳び上がった俺を見て花ヶ崎は口もとを隠しながら可愛い顔でけらけらと笑った。

こんなところで俺をからかって、いったいこいつになんの得があるというのか。

「お前も暇な奴だな。自分のレベルでも上げてくればいいじゃないか」

「気にしなくていいわ。レベルが高すぎて、パーティーを組む相手がいないのよ。私の魔法をそこまで恐れるなら、素直にレベルを上げたらいいじゃないの」

俺はまた石の上に座り直して言った。

「で、その左腕に着けてる数珠みたいなやつも、何か凄いアイテムなのか」

俺が彼女の左手首を指さしたら、彼女もチラリと視線を落として言った。

「これはダンジョンとは関係ないわ。健康と運気が上がる、お守りのようなものね」

言われてみると、花ヶ崎の手首にあるのはいかにもな安っぽい数珠で、雑誌かなんかの最後の広告で見たことがあるようなやつだった。

「ああ、あのインチキのやつか。なんでまた、そんなものを着けてるんだ」

「インチキですって。いいかしら、これはパワーストーンといって、とある霊峰の峰々から産出された、力のある石なのよ。現に、このブレスレットを買った人の中には、病気が治ったり、宝くじに当たった人もいるというわ」

そう彼女はインチキ商品の売り文句を力説していた。

まさか本気で騙されているのだろうか。

「いや、それが入り口で、一度でも騙されると名簿に名前が載るから、次々と霊感商法の案内が来るようになるやつじゃないのか。まさか心当たりがあったりしないよな」

と言って花ケ崎を見たら、彼女は明らかに狼狽している。

「そっ、そんなこと——。で、では、これはあなたにあげましょう。あなたは運にも見放されていそうですものね。せいぜい大切にするといいわ」

「そんなものを他人に押し付けるなよ……」

「いいかしら、そのくらいのことを知っていたくらいで、勝った気にならないことね。それと、このことは誰にも言わない方が身のためよ。あなたの口が軽いようなら、氷漬けにして二度と出してあげないから」

花ヶ崎はとっつきにくい印象なのに、話してみると意外にも話しやすかった。

しかし、レベルが高いから組む人がいないという話は信じられない。

むしろ誰もが一緒にやりたがるはずである。

なんのためにそんな嘘をつくのかという話だ。

ただの世間知らずのアホにしか見えないが、嘘をつくからには、やはり何か裏があると思っておいた方がいいだろう。

警戒心を高めておくのが良さそうだ。

しばらくしてスライムが現れたので、回復魔法があることだしと、物理まわりのスキル上げもすることにした。

回避が成功しなくとも物理耐性は上がるので、ヒールを貰えるのはありがたい。

夕食を挟みながら夜遅くまでやって、最後に彼女とダンジョン前で別れた。

そして休日である翌日も朝早くから同じことを繰り返す。

スライム相手に転げ回る俺が面白いのか、花ヶ崎はニヤニヤと笑っている。

「とっても無様よ」

「同感だ」

そんなのは自分が一番よくわかっている。

嫌にはなるが、今は他人の視線など気にしている場合ではない。

ただでさえステータスが低い俺にとっては、この裏スキルが生命線なのだ。

「素敵なライバルができて、よかったじゃないの」

外野がうるさいが、俺は自分に必死になれと言い聞かせながら続けた。

こっちのスキル上げは集中力こそ大事なのだ。

しだいに花ヶ崎が体捌きについてアドバイスしてくるようになったが、わりと技術に裏打ちされたアドバイスで、それなりの心得があるように思われた。

なぜそんな心得があるのか知らないが、ありがたく聞いておくことにしよう。

三日目になる頃には、俺の動きもそれなりに様になるようになってきた。

二日間、それほど進歩がなかった魔法耐性の方も、三日目になってようやっとスキルが上がり始めたのがわかるほど急激に成功回数が増え始めた。

彼女には何も見えていないので、何が起こっているかもわからないだろうが、体感としては回避成功がスキル上昇を招き、スキル上昇が回避成功に繋がる理想的な流れになっていた。

１００になればダメージが半減するので、そのポイントだけは間違えようがない。

この痛みは嫌というほど知り尽くしているので、その時が訪れたのは明確に認識できた。

これまで俺を苦しめてきた突き刺さるような、骨にまで届きそうな痛みは、ビリッとするくらいまで緩和されたのだ。

ＨＰが伸びたわけでも精神の値が伸びたわけでもないのに痛みが小さくなったのだから、それはスキルが育った証（あかし）である。

ここまで来れば、あと50上げるのも簡単なことのように思えた。

しかし、最終日である今日の深夜までかかっても、スキルが１５０まで育つとは思えない。

ここまでやればもういいかと思えたが、ここから先は中途半端に上げても意味がない。

１５０まで上げて、さらにダメージを半減するところまで行かなければ効果が薄れる。

例えば1ダメージを49％カットしても、それは１ダメージのままなのだが、50％カットできればダメージはゼロになるらしいのだ。

この頃には、スライムの攻撃もすいすいとかわせるようになっていた。

だんだんと余裕が持てるようになって、欲が出てきた俺は物理耐性の方も上げておきたくなり、スライム一匹では効率が悪いので、さらなるスライムを探すことにした。

花ヶ崎を連れて、ダンジョン一階を歩き回ってスライムを探す。

やはり人が多くて、観光客までいるような階層だから、新たなスライムを探すのも難しい。

このままだと、スライムを散歩させている馬鹿な奴に見られそうなのも怖くなる。

そんなことを考えていたら、ついつい歩きすぎてしまって、広場のようになっている場所でたくさんのスライムに囲まれた。

多すぎるので減らさなければならないが、何匹なら倒しても大丈夫なのかわからない。

ためらっているうちにスライムが集まってきてしまって、やばいと思ったところで花ヶ崎が範囲魔法ですべて倒してくれた。

「何か特訓をしたいのだと思っていたけれど、大掛かりな自殺がしたかったのかしら。ごめんなさい。邪魔をしてしまったわね」

その嫌味すらありがたく思える。

まだパーティーは組んでいないから、俺に経験値は入っていないはずだ。

「助かったよ」

俺は素直に礼を言った。

それで三匹のスライムを相手に回避の訓練をしていたら、急にどでかいスライムが目の前に現れた。

反応もできないでいると、俺とスライムの間に花ヶ崎が割って入ってきて、スライムの攻撃を受けた花ヶ崎は、俺と一緒に壁際まで吹き飛ばされた。

さすがに俺も木刀を構えるが、足から血を流した花ヶ崎がすぐに立ち上がって言った。

「私一人で大丈夫よ。レベルは上げたくないのでしょう。なら、あなたは下がってて」

その言葉通り、攻撃を受けて何度か吹き飛ばされはしたものの、花ヶ崎はボスであるスーパースライムを一人で倒してみせた。

怪我をした花ヶ崎にポーションを使おうとしたが、それを手で制して、彼女は自分にヒールを使った。

「さっきの場所に戻ろう」

「スライムはいいのかしら」

「そっちは今やらなければいけないわけじゃない」

「そうなの」

そんなことがありながら、深夜になって、やっとボルトの当たりエフェクトが出ても痛みすら感じなくなった。

ＨＰも減っていないから、完全にスキルが育ったことを確信できる。

そもそも１００さえ超えてしまえば、後からでも苦労すれば上げることはできたのだ。

「やっと終わった。これでレベルが上げられる」

「まさか深夜に二人きりになるために、今まで茶番をしていたとは思わなかったわ」

急に雰囲気の変わった声がして振り返ると、胸の前で腕をバッテンにしたような変な構えを取った花ヶ崎が、こちらに向かって身構えている。

さすがの俺も、それには突っ込まずにいられない。

「んなわけあるか」

花ヶ崎は両腕を体に回して、俺から離れようとするそぶりを見せる。

本気かよと思ったが、どうやら冗談のつもりらしい。

そりゃそうだ。

深夜に二人きりになったからといって、彼女が俺を恐れる理由など一つもない。

怪我までさせてしまったし、こんな深夜まで付き合ってもらったこともあって、なんとなく理由を話してもいいかと思えた。

今日の彼女は、寮の門限すら破ってしまっているので、親にまで連絡が行くのは間違いない。

さすがに名門の子女が門限を破るというのは、体裁やらなんやら色々と問題がある。

さらには、これからレベル上げにまで付き合ってくれるというのだから、ありがたいを通り越してもはや不思議なくらいだ。

俺はひと息ついてから、自分にボルトを放つ。

ついさっき魔法熟練度も限界に達したらしく、クールタイムも短くなっているので連続して魔法を使う。

魔法熟練度の方は花ヶ崎も知っていたらしく、驚かれることはなかった。

そして彼女に端末を見せながら言った。

「裏ステータスの魔法耐性を上げてたんだ。魔法を受けてもダメージがないだろ。完全回避が起きた証拠だ。これは自分の魔力が低いうちじゃなきゃできない」

その言葉を聞いた途端、花ヶ崎は出会ってから初めて表情を青くした。

そして俺から一歩距離を取って言った。

「そ、その話が本当だとしたら、そんな国家機密レベルの話を気安くしないでほしいわね。いったいあなたは何者なのよ」

やはりそんな話を他人にするのは禁句であるようだ。

だけど、なんとなく花ヶ崎には話してもいいかもと思えたのだ。

まだ危機意識が足りなかったとも言える。

「たまたま思いついたんだ。誰にも話すなよ」

「誰にも話すべきでないのは、あなたの方だわ。そんな知識を持っていると知られたら、命を狙われることだってあるのよ。二度とそんな恐ろしいことは口にしないで」

氷のように無表情を貫いていた花ヶ崎がここまで取り乱すくらいだから、よっぽどまずいことを言ってしまったらしい。

俺としては協力してくれたお礼くらいのつもりだったのに、彼女は本気で恐怖を感じているようだった。

今まで攻略本の情報を周りに洩らさなかったのは、ただ運が良かっただけに過ぎない。

自分のうかつさを反省し、これからは本気で情報の漏洩（ろうえい）に気を付けよう。

「でも、納得できただろ」

「そうね。でも、私にはもう手遅れだわ」

「そんなことはない。魔法系のクラスなら精神も上がるから、同じことをする必要はないはずだ。

それより魔法系職業は、スライム相手に物理耐性と回避のスキルを上げておいた方がいいな。これは後からでもできる」

花ヶ崎は途方に暮れたような顔で俺を見ている。

たしかに情報は出すべきでないと悟ったばかりではあるが、説明しきっておかないとモヤモヤしてしまうのだ。

■■■

「それじゃ、また明日な」

「ええ」

「心配させて悪かったな。だから俺のことを見張ってたんだろ」

「し、心配なんてするわけないじゃない。ちょっと自信過剰なのではなくって。なんだか気分を害したので失礼するわ」

そう言って花ヶ崎は、女子寮のある方へと消えていった。

俺の方は、きっちりレベル3になって、鑑定(かんてい)というコモンスキルまで覚えた。

このスキルは装備しなくともいつでも使うことができる。

もちろん攻略本がある俺には必要のないスキルだが、それでも初スキルは嬉(うれ)しい。

最初は、俺の持っている秘密を探ろうとしているのかとも思ったが、考えてみれば底辺の俺につけてくる理由は一つしかない。

たしかに俺の初期ステータスを知っているのだから、彼女が心配になるのも無理はなかった。

何せ彼女の二割くらいしかない低ステータスなのだ。

第四話　ダンジョンダイブ

翌日は遅刻してしまい、二つほど授業が受けられなかった。

得意科目だから問題はないが、さすがに疲れが溜まっていたようだ。

後ろを通る時、モヒカンは「ヘッ」と嫌な反応をする。

端末には、すでにレベル3と表示されているだろう。

まだ何か俺に対してわだかまりがあるのかもしれないが、ここからの俺は最強を目指して突っ走るだけだから、相手にしている暇はない。

次は、とにかくレベル5を目指して、クラスチェンジを達成する。

そして、HPと魔力、筋力、耐久の上がりやすいビショップに転職する予定だ。

面倒なのは、隠しクラスなので人前で覚えた魔法を使うことができないところである。

この世界では魔法ごとにエフェクトが決まっているので、誤魔化すことなど不可能だ。

午前の授業が終わったら、またダンジョンで今度は魔石を入手するノルマを課された実地訓練をすることになった。

昼休みの間にパーティーを組むことになっていたらしく、その時間に校内をめぐるアイテム拾いで席を空けていた俺は、完全にあぶれてしまっていた。

この学園の方針として、ダンジョン内で行動するのは、三人が望ましいというのがある。

なので、ぱっと見、みんな綺麗に三人ずつ分かれていた。

「仕方ないわね。私たちと一緒に来るといいわ」

そう声をかけてきたのは、花ヶ崎である。

昨日はあれほど遅くまでダンジョンにいたというのに、今日は一限目からしっかりと出席し、その顔には疲れ一つ見えない。

昨日は怪我をして血で汚れていた足も、今は傷跡一つ残っていなかった。

「いくらなんでも、そんなあからさまに足なんか見てたら嫌われちゃうよ。まあ気持ちはわかるけどね」

そう言ったのは、隣にいた神宮寺綾乃である。

「綾乃もそれでいいわね」

と神宮寺の言葉を流して花ケ崎が言った。

「もちろんだよ。玲華ちゃんと二人きりじゃ、ちょっと怖かったしね」

「どうして私と二人きりだと怖いのよ」

氷の女王と呼ばれている自覚はないようだ。

もちろん花ヶ崎がそんな人間じゃないことは、俺が一番よく知っている。

「お前は表情も変えずに人を殺せる女だよ」

俺に手のひらを向けて、ボルトを使うと言った時の表情を思い出しながら言った。

花ヶ崎は紫紺の瞳を俺たちに向けながら眉尻を少しだけ上げた。

「おっ、高杉くんもけっこう言うじゃん」

神宮寺が楽しそうにけらけら笑う。

クラスの首席かつ氷の女王、しかも貴族家の令嬢である花ヶ崎をからかっているのだから、神宮寺も肝が据わっている。

　現在、俺のステータスはこんな感じだ。

高杉　貴志　Lv3　見習いLv5
HP　30／30　MP　15／15
筋力　14
魔力　15
敏捷　10
耐久　15
精神　11
装備スキル　魔法Ⅰ　なし　なし　なし

　筋力と耐久が伸びてくれたことは素直に嬉しい。

　クラスに就いていないので、ステータスの伸びは均一だし、その伸びも悪いが、一桁台のステータスはなくなった。

　伸びるステータスはクラスに依存するので、クラスに就けない今は運任せのようなものだ。

さっそくダンジョンに入り、俺たち三人はまっすぐに二層まで進む。

二層に出てくるのはゴブリンで、緑の小さな人型モンスターだ。

その外見は醜悪で、そこそこの知恵が働き、しかも悪意に満ちているという、なんとも嫌な相手である。

「あなたは弱いから、私と一緒に後ろでボルトでも撃ってるといいわ」

「あはっ、言われちゃったね。たしかに弱いから前に出ない方がいいよ。いまだにレベル3は、いくらなんでも遅すぎるからね」

俺は学校内で昼休みに、忍者刀なるマジモンの長ドスに、鍔（つば）と柄（つか）の付いたような武器を手に入れている。

忍者刀（E）
追加ダメージ＋30

ゴブリンのダメージがスライムの倍だったとしても、今の俺なら三倍になったHPによって耐えることができる。

そう考えると、レベル1というのは初期ステータスに限らず、かなり危険な状態だったことがわかる。

トニー師匠の教えでは、ヤバくなる前に逃げろとのことである。

ヤバくなってから逃げたのでは、逃げた先で敵に捕まってしまって危険だという話だ。

そんな事態になったら、俺はわき目もふらず率先して逃げようと思う。

「いや、俺は前衛をやる。武器もあるからな」

「立派な武器だけど、使えなきゃ意味ないんだよ」

「すぐに使いこなすさ」

俺は納得していない様子の神宮寺と並んで、敵を探しながら歩いた。

こんなふうに美少女二人と歩いていると、一般の探索者からも注目されるので、妙な緊張感を覚える。

二人はそんなのに慣れっこなのか、まったく気にしてないようだった。

さっそくゴブリンが一匹で出てくるが、目にもとまらぬ速さで突き出された神宮寺の槍によって次の瞬間には眉間を貫かれていた。

狭いダンジョンでは取り回しが悪くてあまり人気のない槍だが、攻略本によればゲーム内では対人最強武器とされているらしく、神宮寺家の道場は、特に武闘派寄りのギルドの連中から人気がある。

武闘派ギルドとは、冗談ではなく本当に他の攻略ギルドを襲うこともある無法者たちだ。

そんなもの山賊と同じではないかと思うものの、身分制度が強く残ったこの世界では犯罪を揉み消すくらいは容易い。

もちろん探索者が一般人に手を出すようなことがあれば、軍が出てくるような事態になる。

だが、無法者同士の抗争であれば、大抵は見て見ぬふりをされた。

まさにヤクザ扱いだ。

そんなものと繋がりがある神宮寺家は、下手な貴族連中よりもたちが悪いかもしれない。

ただしヒロインの一人だからなのか親の方針なのかは知らないが、子分を引き連れてダンジョンに入るようなことはないようだった。

ちなみに槍が最強というのは、開発が意図していたものなのかもしれないが、実際のところは調整に失敗している。

なので、対人においても対モンスターにおいても刀が最強武器である。

「まっ、ゴブリンくらいならこんなもんだよね。キミの出番はないいんじゃないの」

そりゃ一匹くらいならそうだろうと思っていたら、今度は四匹のゴブリンが現れた。

一瞬で神宮寺が二匹を倒したが、一匹が懐にもぐりこんだ。

それでも神宮寺は危なげなく、槍の石突でゴブリンを跳ね上げて対処してみせた。

目の前には、俺が対処しなければならない一匹のゴブリンがいる。

けっして勇気などではない。

勇気などではないが、戦いが始まってしまったら、頭の中にはどう戦うか以外のことを考える余地はなくなっていた。

まるで恐怖など消えてしまったみたいに、体が軽くすら感じられる。

狙いを定め、忍者刀を腰だめに構えると、体ごとぶつかっていくつもりでタックルするようにゴブリンの胸を突き刺した。

しかしゲームゆえの理不尽さによって、急所を一突きにしたはずの忍者刀は見えない何かに阻まれ、切先が数センチ食い込んだところで重たい感触とともに止められた。

そして攻撃を受けたことに怯(ひる)みもしないゴブリンの牙が俺の腕に食い込む。

蹴って距離を取ると、腕の肉がえぐれて血の筋が伸びた。

気を取り直し、今度は忍者刀を鋭く振り下ろすようにして攻撃を入れた。

ヒュッという空気を切り裂く音とともに、忍者刀はなんの抵抗もなくゴブリンを切り裂く。

棍棒(こんぼう)による反撃は受けたものの、数回攻撃したところで撃破に成功する。

ほどよい重さがあり、作りもしっかりしていて、俺が力を入れたくらいじゃびくともしないくらい頑丈な忍者刀は頼もしかった。

素人の俺でも取り回しやすい長さなのもありがたい。

すでに長年使ってきた相棒のように手に馴染(なじ)んでいる。

それに、今のでゲーム的な戦い方というものがわかったような気がした。

攻撃回数でしかダメージが蓄積されないので、捨て身の攻撃なんてものはなんの意味もなさないのだ。

しかも、全力で振った一撃が当たらないと、ちゃんとしたダメージが入らない。

小手先で振り回すようなことをしても、ほとんどダメージは入らなかった。

意外と判定が厳しい。

「ほら、弱いんだから無理しちゃダメだよ」

そう言われても不思議と嫌な感じはしないが、こんな細い神宮寺の体でも、身体能力はすでに男性アスリートのそれを軽く超えているのだから馬鹿馬鹿しくなる。

花ヶ崎にヒールをかけてもらって傷を治し、さらに奥へと進むと、今度は十匹ほどのゴブリンがたむろしているところに出くわした。

おいおい俺はこんなところで死ぬのかと、一瞬の諦念が生じるが、花ヶ崎の放ったアイスバーグの魔法が飛んでいって、着弾とともに無数に伸びたトゲトゲが八体ほどのゴブリンを突き刺し、一瞬のうちに黒いモヤへと変えてしまった。

残ったゴブリンは神宮寺が難なく倒してしまう。

「今のは美味しかったね。今日は人が少ないから経験値が稼げるかも」

神宮寺のはしゃいだような声が響き渡り、それによって俺の体を支配していた緊張が抜け落ちるように消えていった。

ビビっていた姿を見られなかったことを確認してから俺は言った。

「お前らが全部倒してたら、俺の練習にならない」

本当は冷や汗で背中が湿っていたが、俺は強がりでそう言った。

「あなたも強情ね。弱いくせに」

と言ったのは花ヶ崎だ。

愛想のない返答ばかりしていたから、花ヶ崎にまでずいぶんと遠慮のないこと言われるようになってしまった。

「せいぜい馬鹿にしてろ。すぐ最強になって、お前らなんて一瞬で抜き去るからな」

「ぶはっ、最強だってさ。その発言は面白すぎるよ」

神宮寺は俺の発言が本当に面白かったようで、満面の笑みを見せている。

その様子に、さすがの俺も心が折れそうだ。

たしかにひどい初期ステータスだから、スピードも攻撃力も耐久力も、必要な何もかもが足りていない。

次は現れた五匹の内、二匹を俺の方に回してもらった。

基本に立ち返ろう。

トニー師匠の教え通り、ダメージは受け入れて、攻撃を入れることだけ考えればいい。

俺のダメージとゴブリンのダメージ、それにお互いの耐久を考えれば、それで負けることはない。

「壮絶な泥仕合だわ。おかしいわね。そろそろ最強になった頃合いなのではなくて」

言ってくれる。

それにしても、師匠が推薦する戦い方は痛くてしょうがない。

苦情の一つも入れたいところだ。

噛みつかれ引っ搔かれしながら、なんとかもつれ合いの末に倒した。

「まだじゃないの。まだ最弱に毛が生えたくらいだわ」

自分の敵を倒し終わって観戦している外野がやかましいが、今の時点で俺が最弱なのは疑う余地もない。

次の二匹は、片方の胴体にボルトを放って、麻痺している間にもう片方を倒した。

ボルトを入れ続ければ半永久的に麻痺させておけそうなものだが、そううまくはいかない。

すれ違う他の生徒たちも普通に倒しているようだし、苦戦の原因は俺のステータスの低さにあるようだ。

やっとレベル4になったが、レベル5までは初期値が低いほどレベルアップでステータスが上がりやすいという攻略本の記述はなんだったのか。

上がったのは平均して3．5くらいと、また引きの悪さを発揮した。

夕方になる頃には、花ヶ崎が7になり、神宮寺が6、俺も5になった。

頭の中にクラスチェンジ可能なクラス一覧が現れたが、まだ保留してある。

ステータスが低い俺には三つの選択肢しか現れなかった。

レベル差はなくなってきたはずなのに、あまりに理不尽な力の差が嫌になる。

高杉　貴志　Lv5　見習い　Lv10
HP　49／49　MP　24／24
筋力　22
魔力　23
敏捷　18
耐久　21
精神　19

最後にいいサイコロの目を引いたらしく、まだマシな数字になってくれた。

アイテムボックスのコモンスキルも覚えることができた。

夕食後に続けるか聞かれたが、俺は用事があるので辞退した。

「やる気がないなあ。そんなんじゃ、いつまで経っても最強にはなれないよ」

神宮寺が馬鹿にしたように言うが、用事があるのは本当である。

それも最強になるために必須と言えるようなものだ。

「なんの用事があるというのかしらね。私たちは六時半に入り口に集合しましょう」

「オッケー。じゃ帰ろうか」

■■■

「どけッ、雑魚（ざこ）どもが！」

ダンジョン入り口でまで戻ってくると、そんな声が聞こえた。

声のした方を見ると、同じクラスの不良グループの奴らが、他のクラスの生徒に突き飛ばされて、まるで車にひかれたみたいに十メートル以上も吹き飛ばされたところだった。

吹き飛ばしたのは女生徒の細腕である。

ヤバそうに見えたが、吹き飛ばされた方もレベルの恩恵なのかピンピンしているので大丈夫そうである。

どうやら不良グループは、周りも気にせず通行の邪魔になるような場所で立ち話をしていたらしい。

　女生徒の隣にいた男子生徒から、追い打ちのフレアバーストまで放たれて、火だるまにされた奴らが地面の上を転げ回っている。

「うわ、険悪ぅ。あれAクラスの生徒だよ」

「横暴ね。近寄らない方がいいわ」

　二人から非難の声が上がるが、不良グループから迷惑をこうむっていた俺としては、ひょっとしていい人たちかも、なんて感想が浮かんできた。

　不良グループの奴らも大人数で気が大きくなっていたのだろう。

　それで、周りも見ずに道を塞いでいたから、あのような仕打ちを受けているのだ。

　この世界の貴族たちは、庶民から無礼な態度をとられてそのままになどしておかないから、当然の結果だと言える。

　不良たちの中にもヒールを使える奴がいたらしく、治療しているから心配はいらない。

　Aクラスの生徒たちは、そいつらに一瞥もくれずダンジョンから出ていった。

　二人とはダンジョン前で別れて、夕食前に用事を済ませておくかと、俺は校舎に向かって歩き始めた。

「邪魔だ！」

　怒声とともに、いきなり後ろから突き飛ばされて転びそうになる。

「おい、気を付けろ」

　俺の言葉に、クラスの不良グループは舌打ちだけ残して行ってしまった。

いくらAクラスにやられて悔しいからって、俺に当たったってしょうがないだろ。

悔しいなら黙ってレベルを上げればいいのだ。

まあいい。

あんなのに関わっても時間の無駄である。

途中の売店でまんじゅうを買ったら、俺は校舎の裏にある川に出て、桜の木の脇にある滝壺(たきつぼ)まで歩いたら、そこにまんじゅうを投げ込んだ。

そしたらひざまずいて、力をお貸しくださいと祈りをささげる。

どこからともなく、よかろう、という力強い声が聞こえてきた。

半信半疑の俺の前で、クラスチェンジ可能な選択肢にビショップのクラスが表示される。

ステータスが低すぎて、ろくな神様の加護を得られなかった俺には選べるクラスの選択肢が三つしかなかった。

そこに四つ目の選択肢が加わっている。

エクスヒールの使える聖魔法Vを覚えるまでは、このクラスでレベルを上げることになる。

ビショップにクラスチェンジする前に、ステータスを秘匿するために端末から申請を出しておかなければならない。

すでに秘匿されたクラスに就いている者は、この申請を出して、学園側からもステータスがわからないように端末機能をオフにしている。

実際には、学園に併設された研究機関に情報は筒抜けになっているのだが、それはこの学園の最重要機密でもある。

まあ奴らには、どんなクラスに就いたかまではわからないのだからどうでもいい。

もちろんステータスの上がり方に異常があって、特殊なクラスに就いたのは気付かれるだろうが、研究所側としては情報を抜いてることを秘匿しておきたいだろうから、向こうから何かをしてくるとは考えにくい。

ビショップ
HP＋100　筋力＋80　魔力＋80　耐久＋80
ステータス補正が三つあり、ステータスの上昇値も高い。
前衛職、後衛職のどちらにも高い適性を持つ。レベル5で解放可能なクラスの中では最強。
桜の季節のみとなる厳しい解放条件から、解放の難易度は最難関。
龍神、瀬織津姫（せおりつひめ）の加護を受けることが解放の条件。

普通であれば、ステータスの数値によって戦士、剣士、足軽、魔法使い、聖職者、盗賊のクラスくらいしか解放されない。

最終的に特殊なクラスを開放する花ヶ崎や神宮寺であっても、まだクラスの解放条件を満たしていないため、今は魔法使いや足軽などだ。

そろそろ時間になりそうなので、今度は学園に併設された研究所のある方に向かった。

普通なら研究所には入れないが、今日は一般向けの見学会があったのでセキュリティが切られている。

堂々と中に入って、研究所内でアイテム拾いを敢行し、まだ容量の少ないアイテムボックスをいっぱいにした。

そしたら今度はE棟―301室前の廊下のすみに立って、ひたすら時を待つ。

空腹に耐えながら待ち続けた。

こんなことなら食べる分のまんじゅうも買っておくんだった。

こんな時間になってしまっては食堂も閉まっているだろうし、売店に食べ物が残っているかどうかも怪しい。

そんなことを考えていたら、ズドンという音がして研究室のドアが開き、ぼさぼさの髪をふり乱した研究員らしき男が現れた。

「おお、ちょうどいい。ちょっと実験台になってくれないか。新しい覇紋の試作が完成したんだ。まだ墨を入れる隙間はあるんだろう」

男はすでに体中に入れ墨が入っていて、顔以外にはもう余白が残っていないようなイカレた奴だった。

マッドサイエンティストという言葉が頭に浮かんだが、俺は何も言わずに小さく頷いた。

そしたら腕を引かれて研究室内に引っ張り込まれ、うつぶせにベッドに括り付けられると、笑気ガスの吸入器を問答無用で顔に押し付けられた。

「この辺にお願いします」

「わかった」

「強勒Ⅰと瞬身Ⅴと破魔Ⅳと召喚Ⅱも、ついでに入れてください」

「おいおい、私だって暇じゃないんだぞ。ちょっと背中の余白を貸すくらいで、そこまでのことを要求するんじゃないよ。君も常識がないな。ふむ……、だが悪くないビルドかもしれん」

それだけの短いやり取りが精いっぱいで、俺は意識を失ってしまった。

次に目覚めたら、まだ研究室内のベッドの上だった。

室内には俺しかおらず、さっきの男の姿は見えない。

ベッドから起きて姿見を探し回り、隣の部屋で見つけたそれに背中を映した。

背中には、小さな覇紋がたくさん入っているのを確認できた。

背中に張り付いていたメモには、「仕方なくわがままを聞いてやった。見返りに、私が帰ってくるまでに部屋の掃除を頼む」と書かれていた。

どうやら頼んだ覇紋はすべて入れてくれたみたいだ。

本来なら街に出て特殊条件を満たさなければならなかったのに、それと同じ覇紋をタダで入れてもらうことができた。

攻略本にも載ってない方法で、軽く数万円は浮かすことができたことになる。

新しい世代の、攻略本に治療Ⅳと記された紋様を発見するレベルの人だから、ダメもとで頼んでみたらうまくいってしまった。

しばらく掃除をしていたら、研究員が帰ってきたので手を休める。

「気が付いたのか、もう仕事を始めるから帰っていい。ところで君はどこの所属だね」

唐突にそんなことを聞かれて、俺は言葉に詰まった。

もっと攻略本を読み込んでおくべきだったかもしれない。

なんと言って誤魔化せばいいのか、ちょっと見当がつかない。

「いえ、実は見学会ではぐれちゃって、出口を探していたんですよね」

「なんてこった！　そいつは困ったことになったな。おい、君。今日のことは誰にも話さないと約束してくれないか」

「ええ、いいですよ。誰にも話しません。覇紋もたくさん入れてもらいましたからね」

「君に頼まれた覇紋は誰に見せてくれても構わないが、私が最初に、いや、真ん中に彫られた覇紋だけは誰にも見せないでくれ」

「はい、わかりました。誰にも見せません」

「ふう、助かるよ。それじゃもう行ってくれて構わない。出口は廊下の黄色い線を、部屋を出てから右にたどっていきなさい。ああ、それともう一つ。君の覇紋ビルドは何かを参考にしたものなのかね」

「いいえ、ただの思いつきですよ」

「そうなのか。普通、素人はもっと派手な魔法を入れたがるものだと思っていたがね。一見すると地味だが、君が入れた覇紋の組み合わせは、まるで数百万通りある組み合わせの中から、ありとあらゆる状況に対応できるよう、恐ろしく精緻に選び出されたもののようにも思える。不思議な話だが、私よりも覇紋に詳しい人間が考え出したかのようなね。まあ、そんなはずはないのだが。非常に参考になったよ。――――とすると、これからは組み合わせの研究も必要か……」

そのまま研究員は自分の考えに没頭してしまったので、俺は黙って研究室を後にした。

■■■

俺が研究所の外に出ると、もう夜の九時を回っていた。

さすがに、これからダンジョンに行く気にもなれないので、売店でお菓子を買ってから中庭のベンチで食べる。

これで俺がビショップになって使えるようになったヒールは、すでにハイヒール並みの回復量が出せるようになった。

しかし今の時点では、魔法が使えない職に転職してしまえば、燃費の悪い初期ヒールしか使うことができない。

最終的には治療Ⅳの覇紋のみでエクスヒールを使い、数千あるＨＰを回復できるようにならなければならない。

まだラピッドキャストが使えないので詠唱に時間がかかり、回復魔法によって一瞬でＨＰを戻しながら戦うといった最終戦略も使えない。

身体強化魔法のような筋力ステータスを強化する強靭(きょうじん)、敏捷ステータスを一時的に強化する瞬身、デバフ解除の一種である破魔、召喚魔法を使うための封魔も手に入った。

まあ身体強化とは言っても、第一段階では５％の強化なので効果はほとんどない。

俺が目指している、ラピキャス魔法剣二刀流ツバメ返しの魔法剣とは、剣に魔法を纏(まと)わせるカッコイイやつではなく、強化魔法で自己強化した剣士の略だ。

思いもかけぬ棚ぼたで、必要だった覇紋が一気に揃ってしまった。

となれば、次に俺がするのはスーパースライム退治である。

そんなことを考えながら深夜の校庭を歩いていたら、ダンジョンの方から校舎に向かって歩いている人影が見えた。

異様なのはその輪郭で、頭のところに二本の角がある。

どうやらゲームが現実になったことで、出てきてはいけない奴らがダンジョンから出てきてしまったらしい。

その光景を目にした途端、俺は足が震えて立っているのがやっとだった。

主人公が正体を突き止めでもしない限り、アイツが俺に害をなしてくることはないと思われるが、今の段階で一条にあんなものを退治できる力などあるはずがない。

何かのはずみでアイツの正体が周りにバレたときは、黙って学園から逃げるよりない。

そのくらい手の施しようもないような存在だ。

ゲームが現実になってしまったことで、ゲーム時の行動制限など無視して、ＮＰＣがどこでも好き勝手に歩き回れるようになってしまったのだろう。

やはりゲームが現実になったことで、予期できないことも起こりえるのだ。

奴が、この学園の生徒を食い殺して入れ替わるのは、もっとずっと後のことだったはずだ。

このままでは人が死ぬのを黙って見過ごすことになるが、逃げる以外にできることなど今の俺には何もなかった。

ゲームの時とは行動が変わっているので、このままだと誰と入れ替わることになるのかもわからなくなってしまう。

しかし校舎に残っている学園の誰かが死ぬのはほぼ確実だ。

それでも俺にできたのは、死にたくない一心から、音を立てないようにその場所を離れることだけだった。

■■■

翌日の放課後からは、ダンジョン一階にあるスーパースライム部屋を回った。

昨日のようなことがあったあとだから、早くレベルを上げたいのは山々だが、それでも経験値稼ぎを自分の命より優先することなどできない。

何より自分の命を守るためにできることは、すべてやっておくべきだ。

これは攻略本でもあまり推奨されていない行動だった。

一層で、複雑に枝分かれした通路の突き当たりに広くなっている場所があれば、それがスーパースライム部屋になる。

よくわからずに花ヶ崎を巻き込んでしまった、あの忌まわしき場所である。

ここには一定の確率で、ボススライムが湧くことがある。

危険なだけで経験値も良くないから、学園の生徒からは避けられている場所だ。

経験値は美味しくないが、ボスにはレアドロップが存在する。

かなり広大に広がっている一層で、このどんつきの広場を、ひたすらボススライムを求めて歩き回るのだ。

端末にはGPS機能があり、二十層までの詳細なマップが入っているし、出口までの最短経路検索もあるから迷子になる心配はない。

ここに現れるスライムのボスから、ひたすらドロップ率の低いリングを狙う。

クラスメイトはすでに二層に行っていて、同じことをしている一般の人すら見かけない。

さっそく大玉ころがしの玉くらいある巨大なスライムを発見するが、出会い頭でいきなり体当りを食らい、車にはねられたのかと思うくらいの衝撃で吹き飛ばされた。

それでもカウンターで攻撃を入れることだけは忘れていない。

スーパースライムは、なんとかダメージが入れられるし、吹き飛ばされたダメージは10だから倒せないほどの強さではなかった。

巨体による突進は避けようがないので、タイミングを合わせてボルトを放ち、痺れという一瞬の状態異常で、敵の行動をキャンセルするのが攻略本で推奨された戦い方だ。

それがなかなかうまくいかないが、だんだんコツはつかめてきた。

クラスチェンジで得た耐久とHPのおかげで、ボススライムの攻撃は本気で踏ん張れば耐えられないこともない。

五時間かけて十五匹倒し、得られたのはスライムリング六個、ポーション三つ、それに魔石だけだった。

スライムリングなんて一円にもならず、売ったところで、たったの三十五銭だ。

それから放課後は毎日ダンジョンに通い、十日もかけてスライムボスを百五十四は狩ったかという頃になって、やっとのことで錆色のリングが出てくれた。

途中でスライム相手に回避スキルを上げている花ヶ崎にも何度か出くわした。

まだ俺のことを弱いと思っているのか、「ボスは危険だからやめておきなさい」との忠告までうけたまわった。

もう何度も倒していると言ったら、本気で驚いていたから失礼な奴だ。

錆色のリングは鑑定しても？？？？となっていて、特に何も表示されない。

工房か購買部に持ち込めば鑑定できるが、効果が変わるわけでもないから、そのまま装備することにする。

ちゃんと鑑定すれば、正式には古代のリングという名称になる。

古代のリング（C）
ＨＰ＋３００　魔力＋30　ダメージ軽減＋８
序盤で手に入るリングの中ではＨＰ上昇効果が最も高い。
とくに最初は、このＨＰ３００の差は大きい。
絶対にゲームオーバーになるのが嫌だというのなら、粘って出す価値はあるかもしれない。

価値については微妙な書かれ方だが、この命がかかっている状況では絶対に必須のリングと言える。

ちなみに花ヶ崎が着けているリングはBレアで、神宮寺はCレアである。

俺のレベルはなんとか6になった。

高杉　貴志　Lv6　ビショップ　Lv3
HP　462／62（＋100＋300）　MP　28／32
筋力　25（＋80）
魔力　31（＋80＋30）
敏捷　21
耐久　29（＋80）
精神　21
装備スキル　聖魔法Ⅰ　魔法Ⅰ　なし　なし

第五話　Cクラスからの妨害

「また、お前らとか」

俺の言葉に、神宮寺が眉間に血管を浮かび上がらせた。

「はあ？　私たちのレベルが先行しているから、みんな遠慮してるんだよ。そのせいで、あぶれてるキミを拾うハメになってるんじゃないか。感謝の意思くらい見せてほしいよね。生意気なこと言ってると本当にわからせるよ」

槍の穂先を平気で人に向けてくるあたり、神宮寺は気性の荒い女だ。

赤髪をふり乱しながら力説している。

「二週間近くあったのだから、少しくらいは進歩を見せてほしいものね」

「でも、まだ一層でやってるらしいじゃん。キミって本当に進歩がないよね」

「はたしてそうかな」

こんなやり取りでも、はたから見れば楽しそうに見えるのか、男どものやっかみの視線は耐えがたいものがある。

わざわざ聞こえるように、また寄生するのかなんて言われる始末だ。

本日は、二層奥のゴブリン、ダイアウルフゾーンに直行することになった。

山岳地帯のような見通しの悪い地形だから、死角になったところから仲間を呼ばれやすい厄介なマップである。

それに裏に回り込まれやすいので、後衛を守るのも難しい。

狩りが始まったら、ステータス的には敏捷以外大差ないので、神宮寺からの不満は出なくなった。

「それって、前に使ってたのと同じ武器だよね。砥ぎ直したのか知らないけど、凄い切れ味じゃん」

神宮寺は、まったく見当はずれなことを言っている。

そうではなく、ビショップに就いたおかげで筋力の値が80も上がって、初期ステータスの差がなくなっただけだ。

「追いつかれたのは、武器のせいだって言いたいのか」

俺の言葉に、神宮寺はあからさまに狼狽してみせた。

「お、追いつかれたとかやめてほしいな。本気で怒るよ」

そんな神宮寺をフォローするためか、花ヶ崎が口を開いた。

「それにしても、さえない戦い方ね。それはあなたのスタイルなのかしら。回復が大変よ」

しかし、その言葉には、俺の方にも言い分がある。

「花ヶ崎は黙ってろ。ちゃんと怪我してるか確認してからヒールを使ってくれ。さっきから無駄になってるぞ。お前も大して役には立ってない」

「冗談だとしても笑えないよ」

「冗談だとしても許さないわ」

たいして怒っている様子でもなく、花ヶ崎が凄んでみせた。

「あと、自分で使えるからヒールなんていらない」

「あら、意外だわ。聖職者を選んだのね」

何が意外なのか、花ヶ崎はそんなことを言った。

たとえ近接職であっても、ヘイト管理の都合で回復魔法を取ることは珍しくない。

「そのわりには攻撃力が上がりすぎなんだよね。小汚いリングしか着けてないし、武器はノーマル品なのにさ。どうせ安い覇紋のヒールとかで聖職者に見せかけてるだけだよ。MPがなくなりそうなときはちゃんと申告しなよ。死んでも知らないからね」

神宮寺は馬鹿にした感じで言っているが、本当に俺の身を案じているとでもいうのか、アドバイスとしてはじつに真っ当な内容だった。

慣れるまでは過保護なくらい花ヶ崎のヒールが飛んできたが、噛まれても血の一滴すら流さないのを見て、次第にそれもなくなった。

今の俺の耐久なら、この辺りのモンスターでHPが減ることなどない。

「驚いたわ。本当にダメージは受けていないのね。打たれ強くなってるのに、綾乃と変わらないくらい攻撃も強くなっているわ。それに、あなたの魔法が私の魔法と同じくらい威力があるのはどういうわけなのかしら。とっても不思議よ。レベルだって、そんなに上がっているはずないわよね」

花ヶ崎は、さすがに不自然さを感じとったようだ。

だが、どのクラスに就いているかなどは他人に聞くようなことでもないので、何も言わなければ問い詰められることもない。

そういった情報は秘匿するのが普通なのだ。

「ちょっと。玲華ちゃんまでやめてよね。ここの敵が弱いから同じように見えているだけなんだよ。

こんな道場で汗を流したこともないような奴と、私が同じなわけないじゃない」

とか言いつつ、神宮寺はその声に自信がなくなっている。

幼い頃から道場で育ったせいか、神宮寺は強さこそすべてという学園のルールに、すっかり染まってしまっているように見える。

その神宮寺にとって他人に負けるなど、とうてい認めがたいことなのだろう。

「それにしても、レベルが上がらなくなってきたわ」

「これなら三層にも行けるんじゃないの。でも高杉には難しいかなあ」

どうやら神宮寺は、三層なら俺よりも戦えるところが見せられるとか思っているらしい。

今の俺の耐久なら三階層の奥まで行っても大丈夫と攻略本には書いてあるから、こちらとしても望むところだ。

花ヶ崎も今の俺なら大丈夫だと判断したのか、目立って反対する様子もなかった。

「でも、少し焦りすぎじゃないかしら。ちょっと怖いわね」

白い顔を青くしながら花ヶ崎が言う。

「二人も行ったことがないのかよ」

「キミだって初めてでしょ。三層からは敵が魔法を使ってくるんだよ。ただでさえ新層に行くときは命を落とす可能性が高くなるんだからね。キミにはまだ早いんじゃないの」

魔法耐性１５０の俺にとって、何が早いというのかわからない。

花ヶ崎が反対しない理由も、魔法を使われたところで俺が足を引っ張ることなどないのを知っているからだ。

それに、新しい階層に挑戦するのは、探索者にとっては避けて通れない道である。

俺たちはすぐに階段を見つけて三層に降りた。

今度のマップは裏から敵に迫られることもないので、俺は神宮寺と並んで歩く。

三層の敵は、斧(おの)を持ったオークウォーリア、槍を持ったオークソルジャー、それに杖を持ったオークウィザードである。

石だか金属だか知らないが、さすがに本格的な武器を前にしたら、本能的な忌避感を感じないわけにはいかなかった。

近くで見れば、棒に磨製石器か何かを縛りつけているようにも見える。

最初のオークソルジャーから、槍による眉間への突きを食らうが、不思議パワーに守られて、先の丸い木の棒が当たったくらいにしか感じなかった。

皮膚が裂けて血が飛び散ったので、花ヶ崎からヒールが飛んでくる。

体はふらついたし、少し脳震盪を起こしかけてクラクラしたが、それでもカウンターだけは入れているので問題ない。

金属装備ほどの輝きはないし、ダメージもそこまで高くはないから、それほどの鋭さがないのはわかっている。

しかし、問題はないとはわかっているのに、どうしても槍の穂先から目が離せなくなり、視界が狭くなって、避けるといった思い切りのいい行動がとれなくなった。

避けようとして失敗すれば胴体に攻撃を食らうので、それよりは腕でガードしてしまった方がマシと考えてしまうのだ。

それは本能に根差した行動なのだろう。

苦戦する俺を見て、神宮寺は息を吹き返したかのように笑顔になった。

「情けないなあ。そのくらいの攻撃が避けられないようじゃ先が思いやられるよ」

そんなことはない。

レベルアップとともに動体視力も上がっているし、身体能力の上昇で技術を上回れるような手ごたえは感じている。

今はまだ、このゲーム的な戦いの感覚に慣れていないだけだ。

攻撃はどこに当たっても同じということを、体に叩き込んでいくしかない。

現に、攻撃を当てるだけなら難しくなく、敏捷のステータス通りの結果になっている。

そして、オークウィザードが二体現れた。

一体ずつ受け持って倒し終わった時には、神宮寺は肩に氷の破片がしっかりと突き刺さって、わずかに血を流していた。

魔法攻撃には、耐久の数値も意味がなく、精神の値によってしか軽減されない。

「痛たた……」

とか言いながら、神宮寺は顔をしかめて傷口を押さえている。

近接職は精神の値が上がりにくいから、いくら神宮寺であってもほぼ初期値だ。

とくに神宮寺が就いている足軽のクラスは、ＨＰと耐久くらいしか上がらないので、見た目以上にダメージが大きいはずだった。

俺は神宮寺にヒールを唱えてやり、こう言った。

「弱いんだから、あまり無理はするな」

爆発しそうなほど顔を真っ赤にして、神宮寺は押し黙った。

さすがにこの階層では神宮寺も攻撃を受けるし、物理であっても俺よりダメージを受ける。

そして魔法となると、氷片は俺の体に触れることもできずに消え去ってしまうのに対して、神宮寺は戦闘後、必ずと言っていいほど体に突き刺さった氷片に顔をしかめていることになる。

魔法の力で中の肉まで凍らされているから、見た目以上にダメージは大きい。

そして花ヶ崎も、俺が聖職者にクラスチェンジしたと宣言した今となっては、攻撃に専念しているのでMPに余裕はなく、その怪我を治すのも俺頼みだ。

花ヶ崎ですら時々魔法が失敗することはあるのに、俺の魔法は必ず発動する。

それに神宮寺のHPでは、俺のヒールの威力にも文句は言えないだろう。

一回で完全に回復できているはずだった。

「手間のかかる奴だ。お守も楽じゃない」

さすがの神宮寺も黙り込んで、俺のことを睨(にら)んでいる。

「そのくらいにしてあげないとかわいそうだわ。あなたは言いすぎなのよ」

「そんなことあるか。前回のことを忘れてるとでも思ってるのか。俺はカラスじゃないんだぞ」

「それはレベルが低くて本当に危険だったからでしょう。綾乃は慣れていたし、レベルにも余裕があったわ。何も、あなたが張り合って前に出る必要はまったくなかったのよ。とても無茶で見ていられなかったわ」

無表情で正論をぶつけられては、さすがの俺も黙るしかない。

しかし相手が反撃を試みてきたら話は別である。

「こ、攻撃の回数は、わ、私の方が多いかな……」

「俺は魔法でも攻撃してるんだ。手数なら変わらないね」

魔法の威力も花ヶ崎と比べたって、もはやそれほどの違いはない。

武器の性能、それに覇紋の成長度合いがあるから、多少は花ヶ崎に軍配が上がるといったところだ。

それなのに神宮寺は、よほど負けず嫌いなのか猛烈に抗議してくる。

俺は言ってもわからない神宮寺を相手にするのをやめて、探索の方に意識を戻した。

つまらない言い合いをしていたら、三人の生徒が通せんぼするかのように道を塞いでいるのに出くわした。

近づいてみると、持っていた槍の穂先で追い払うような仕草をする。

「こっから先はCクラスの狩場だ。Dクラスは通さないから、他に行け」

剣呑（けんのん）な様子で、そんなことを一方的に言ってくる。

通ろうとするなら戦いになるぞ、というような雰囲気さえ感じる。

こうなることがわかっていた俺に、特段の驚きはない。

ところが、俺に対してはそんな態度だったのに、後ろにいた二人を見たら、目の前の男は少し動揺しているように見えた。

まあ神宮寺ですらゲームのヒロインなりの顔をしているから、その反応は理解できる。

それでも特例で通してくれたりはしないだろう。

中学からダンジョンに入っているクラスだから、レベル差は5以上あるはずだ。

まだ戦ってどうにかなるような相手ではない。

俺たちは黙って引き下がった。

「ひどい嫌がらせだわ」

憤慨していても無表情な花ヶ崎が言った。

まるで魂がこもってないような言い方に、俺は思わず笑いそうになる。

「嫌がらせというよりは、妨害なんじゃないのかな。いくらなんでも、一般の人まで通す気がないのは横暴すぎるよ。いっそやってやろうかな」

「やめておきなさい。敵わないわよ」

ダンジョンの階層には、ほとんどモンスターの出ない階段まわりの手前側と、モンスターがたくさん湧いて効率のいい奥側とがある。

効率のいい奥側を塞がれてしまったら、周りとモンスターを取り合いながらの、極めて効率の悪い狩りしかできない。

その奥はいくらでも広がっているのだから、ほとんど嫌がらせの意味しかない行為だ。

そして奥を通らなければ、下の階層にも行くことはできない。

このようにダンジョンダイブの授業時間中は、Cクラスによって休憩がてら代わるがわる交代でDクラスの通行を止めるやり方が横行していた。

これをやめさせるには、クラス同士で一度やり合って、実力を示す必要があった。

奥に行けないので、当然のように我がクラスでは渋滞が起こる。

階段を降りたところの狭い範囲で、何度もクラスメイトたちと鉢合わせることになった。

今はまだいいが、もう少ししたらクラス内でもモンスターの取り合いが起こるだろう。

クラス内には、Cクラスに対しての鬱憤(うっぷん)が溜まっている。

まるで教室内はお通夜のような雰囲気だが、なぜかカースト最下位の俺には、八つ当たりじみた罵声(ばせい)も多く浴びせられた。

そんな中で、今日から学年全体の合同授業まで始まるから、みな戦々恐々としていた。

合同選択科目は、剣術、槍術、盾術、鈍器、軽業に分かれて行われることになっている。

俺としては剣術の授業一択だ。

誰も刀剣の強さなど知らないのか、盾と片手剣が一番人気で、その次が槍、そして斧、杖、メイスと続いて、最後が刀剣である。

まあ盾に関しては、持っただけでもかなり防御力が上がるからわからなくもない。

他のクラスにもヒロインはいるから、一目見るのを楽しみにしていたが、剣術の授業には一人も現れなかった。

それどころか男ばかりで、目の保養になるようなものは何もない。

「チッ、俺の相手はDクラスの最下層かよ」

そう言ったのは、俺とペアになったCクラスのロン毛だ。

この世界ではロン毛が流行ってるのだろうか。

相手は不満そうだが、Cクラスがどんなものか力試しをしたかった俺にはちょうどいい。

実戦形式で対人ができるこの授業は、かなり貴重な経験と言える。

少し煽って本気を出させようかとも考えたが、その必要もないようだ。

すでに力の差を見せつけようとその気になっているし、俺をいたぶって今までの鬱憤を晴らすつもりでいるのが見ていてわかる。

俺には尊大な態度でいるが、AクラスやBクラスの生徒にはへりくだった態度をとっているので、今までは相手にもされていなかったに違いない。

訓練に使うのは刃を潰して攻撃力を下げた武器だが、開始の合図とともに、そんなものを本気で振り回してくる。

鼻先をかすめていく剣先は、空気を切り裂くするどい音を発していた。

俺は咄嗟にボルトを放って、相手が硬直した隙に突きを放った。

余裕をかましていたロン毛は俺の攻撃を受けてのけ反ったが、その表情にはまだ余裕がある。

「剣術の授業だぞ。魔法なんて使いやがって」

「いや構わん。それで続けろ」

教師さえ無視して、そんな指示を勝手に出しているのはAクラスの生徒だ。

その生徒に対して、目の前のロン毛は媚びたような視線を向ける。

「そっすか。まあいいですけどね」

よく見れば、剣術の授業に参加する他の生徒全員が俺たちの訓練を見ているので、これは格付けの儀式かなんかなのだろう。

直後にロン毛の放ったフレイムバーストが俺の足元で炸裂し、視界が炎に塞がれる。

もちろん剣士の放つ魔法などでダメージは受けないが、すでに覇紋を進化させているのはたいしたものだ。

魔法を受けても余裕で立っている俺を見て、初めてロン毛の表情から余裕が消えた。

地を蹴ったかと思うと、俺は身構える間もなく横から棒で殴られたかのような衝撃を受けた。

吹き飛ばされて初めて、剣の攻撃を受けたのだと理解した。

空中を舞う俺を、とてつもない脚力でもって追いかけてきていたロン毛が跳んだ。

繰り出された攻撃をなんとか受けると、衝撃でまた大きく吹き飛ばされた。

スーパースライムの体当たりにも匹敵するような、斬撃を受けた衝撃に地面が遠ざかる。

ダメージはそれほどでもないが、このレベルによって強化された戦いには翻弄される。

砂埃を巻き上げて追撃してくるロン毛の攻撃を、地面を転がるようにしてさばこうとするが、そのほとんどを食らってしまっている。

またボルトを放って、硬直の隙に距離を取った。

耐久のステータスで軽減された剣によるダメージよりも、俺のボルトが一番ダメージを出しているようで、ロン毛はボルトを食らった左肩を押さえた。

このまま魔法だけ使っていれば、倒すことは難しくないだろう。

俺にはヒールもあるしな。

近接クラスにとっては、やはり魔法が一番怖いのだ。

いきなり始まったので、ヒールを使ってはいけないなんて注意は受けていない。

最初は負けイベントかとも思ったが、勝機は簡単に見つかった。

「Dクラス相手に情けない」

外野に煽られて、ロン毛の眼つきが変わった。

ロン毛の持っていた剣が赤く染まって、ブレイズのスキルを使ったのだとわかる。

刀身に魔法を纏わせ、攻撃力を強化する剣士のスキルだ。

いきなり目の前からロン毛が消えたように見えた。

瞬時に後ろに回られたと判断してふり向いた時には、眼前に赤い刀身が迫っていた。

バスケットボールをぶつけられたくらいの衝撃と、鼻先に空気を焦がすような熱を感じ、俺は頭から後ろに吹き飛ばされた。

地面を転がりながら、腕の力を使って体勢を整える。

鼻が折れてしまって息苦しいので、ヒールで元に戻した。

尋常ではない脚力によって生み出される、この人間離れした素早さは厄介だ。

勝つだけなら相打ち覚悟で魔法を使えばいいが、もう少し剣の戦いを続けてみたい。

しかし、このスピード差だけは、さすがにどうにもならない。

背中の覇紋に魔力を送ってみるが、強化されたと言える手ごたえは薄かった。

もうちょっと経験値を注ぎ込んでやらなければ、覇紋の方は役に立ちそうもない。

剣で戦いたいが手詰まりだ。

ボルトを放って攻撃を誘ってみると、今度は左に回り込んできたのが見えた。

集中していれば目で追えないことはないが、いかんせん体の動きがついてこない。

腕で脇腹への攻撃をガードしても、凄まじい力によって体勢を崩されてしまう。

吹き飛ばされたところで一直線に追ってきた相手へ、俺は苦し紛れにボルトを放った。

それでロン毛は体が硬直して、その場に立ち止まる。

「勝負あったな。おい、新入り。こっからは魔法なしでやれ」

「そんな！　まだ勝負はついてませんよ」

「いや、お前の負けだよ。魔法に対処できてない時点でな。斎藤、次はモヒカンの相手をしてやれ」

そういえばこいつも剣術の授業を選んだのだったかと、俺は隣にいたモヒカンを見る。

いつも俺に対して偉そうにしているモヒカンは、足が震えて立っているのがやっとというありさまだった。

ものの数分でボコボコにされて地面に転がされ、そのまま回復も受けられずに授業が終わるまで転がされていた。

俺もわざわざこいつを回復してやるようなことはしない。

俺の方は、回復があるから最後まで立っていられたものの、ロン毛の斎藤相手に一方的にやられる展開になった。

敏捷のステータスで負けていれば、剣だけで勝つことなど不可能らしい。

それにスキルを使われると、かわすなんて不可能に思える速度の攻撃が来る。

距離を詰められてしまえば、もはやまともに打ち合うことすらさせてもらえない。

この斎藤だって敏捷の値が特別に高いわけではなく、魔法にリソースを割いているから剣術の授業では下位カーストに属しているだけだ。

俺が思っていたよりもはるかに上位クラスは手ごわいようだった。

授業が終わって教室に戻ると、クラス内はまるで葬式のような雰囲気に包まれていた。

シクシク泣いている女子の声と、男子のうめき声が教室を満たしている。

俺としては自分の課題がわかった有意義な授業だったように思うが、何を落ち込んでいるのだろうか。

みんなボロボロで、授業を受けられる状態でもなかったから、そのまま放課後となった。

どうも、この授業でDクラスがボコボコにされるのは毎年の恒例らしく、最初から午前だけの授業で終わらせるつもりであったかのように思える。

教師たちも、このDクラスに対する差別を見て見ぬふりしているきらいがあった。

いや、この学園のルールは強さこそがすべてなのだ。

予定通りと言わんばかりに、昼休みの前にはクラス委員長となった風間洋二から、午後の授業はないと伝えられた。

そのまま葬式のような雰囲気で話し合いが行われることになったので、俺は教室を抜け出してダンジョンに向かう。

とにかく今はレベルを上げたいから、後で結論だけ聞いておけばいい。

せっかく時間があるのだからと夕食を買い込んで、ダンジョンの七層を目指した。

道中、敵が出たら煙玉というアイテムを使って逃げる。

七層は魔法でしか倒せないゴーストというモンスターの他、スケルトンとゾンビが出る。古戦場跡のようなマップで、そこら中に折れた槍やら車輪やらのようなものが地面から突き出ていて、足場がかなり悪い。

ここはビショップだけがスピードレベリングできる狩場というわけだ。

敵が使ってくる魔法もかなり強力で、しかもゴーストは魔法でしか倒せないということから、属性武器が貴重なこともあって、みんなが素通りしていくマップである。

しかしゴーストとゾンビはハイヒールの一発で倒すことができる。

回復魔法は攻撃魔法よりも射程が優遇されているので、相手の魔法を食らう心配もない。

問題なのは動きの速いスケルトンで、こいつには魔法耐性まであるから、マップの一部にあるスケルトンが出ない場所まで行く必要があった。

この狩場情報を秘匿するために、端末は寮に置いてきているので、迷子にだけは気を付けよう。

まあ攻略本には詳細な地図もあるので、あまり心配はしていない。

ほどなくして目的の場所に到着する。

倒したゴーストがドサリと蜜柑（みかん）サイズの魔石を落としてくれたので、お金の方も悪くなさそうだし、視界に入ったはしからヒールで倒していけるので効率もいい。

こんな高効率な狩場を知っていたら、低層階での縄張り争いなど好きにやっていればいいという気持ちにしかならない。

せいぜい時間を無駄にしていればいいのだ。

マナポーション
効果時間3600秒　15秒ごとに3回復
エーテル結晶から作られるMP回復薬で、ポーションとは比べ物にならないほど高価。
研究所でたくさん拾うことができる。

一つで一時間の効果だから、どれだけやったかもわかりやすくていい。

研究所で拾ったマナポーションは七つしかないので、それを使いきったら帰ろうと思う。

次からは自分で買わなければならないが、問題は一つ千二百円という値段だ。

研究所にはそうそう入れないし、購買でたくさん買うのも不自然すぎる。

そもそも、ここで出る魔石を売ってもそこまで稼げるとは思えない。

高価なマナポーションを使っている罪悪感から、イマイチ狩りにも集中できなかった。

ゲームでは問題にならなくとも、現実でマナポーションを使いすぎると精神に影響をきたす可能性がありそうなのも引っかかるところだ。

魔法一発で敵を倒せるから、狩り効率だけは尋常ではない。

三時間もやったら、レアドロップが二つも出た。

野太刀(のだち)というEレアのとてつもなく長い日本刀が出たが、攻略本にはあまりいいことが書かれていなかった。

こんな中二心をくすぐるデザインだというのに、売ればそこそこの値段というような評価である。

ゾンビ相手に試し切りをしようとしてみたら、あまりの扱いにくさにあやうく殺されかけた。

ゾンビは凄い怪力で刃がまったく通らないし、口から吐き出す冷気魔法は骨にまで達するほど肉を凍らされた。

ダメージを二回も半減してそれだから、背伸びした狩場にいるというのを忘れたら命を落とすなと、自分の油断を戒める。

深夜前には、打ち刀という俺でも使えそうな武器が出てくれた。

打ち刀（E）
追加ダメージ＋40

それを合図に切り上げることにする。

忍者刀よりは攻撃力が高いので、武器はこっちに乗り換えることにしよう。

急いでダンジョンから出て、閉まる前に校内へと滑り込む。

リングやら何やら使わないアイテムを購買部が閉まるギリギリに売ったが、三千円くらいにしかならなかった。

かなりの稼ぎだが、一万円近いアイテムを消費しながらの狩りだったから嬉しくはない。

レベルは14まで上がった。

心配だったステータスの上がり方も、とくにおかしなところはない。

あの場所ならまだレベルが上がりそうなので通いたいが、MPの問題がある。

休憩を挟みながらでは、今日ほどの効率は出せない。

疲れた体を引きずって、暗くなった寮の自室に戻ってきたら、端末には花ヶ崎から連絡が来ていた。

結局話し合いでもたいしたことは決まらずに、クラス全体の底上げをするということで決着したようだった。

俺は攻略本を持ってベッドに入る。

どうやら野太刀を扱うには、大剣スキルを上げなければならないようだ。

まったく横道に逸れてしまって必要がないが、これを上げてみたい誘惑にかられた。

今日手に入れた野太刀は、まだアイテムボックスの中に入っている。

明日になったら初心者向けの大剣でもレンタルして使えるようにしてみようか。

あまりに今日のレベル上げが順調すぎたこともあり、強さを隠すためにも授業中はそれを使って大剣スキルを上げるというのもありかなという気がしてきた。

■■■

用具室で借りてきたドイツ製だという大剣は、アイテムボックスにも入らないし、ロッカーにも収まりきらないサイズだった。

　校内でも数人しか使い手がおらず、大男でも持て余すような大きさである。

　まさに鉄塊である。いや、鉄の無駄使いでしかない。

「おいおい、お前が弱いのはステータスが低いからだろうが。そんな扱えもしない武器を持ってきて何ができるんだよ」

　そう言ってきたのは、斎藤ではない方のクラスメイトのロン毛だった。

　レベルが上がってしまってからは、こいつに対して感じていた威圧感のようなものが減ったように思う。

　この世界の住人はステータスの数値に基づいた、何か見えない力が漏れているように感じられるのだ。

　昨日一日で、ステータスが三倍になるほどレベルを上げたからなのか、今朝は意識もせずにつかんだドアノブが、なんとなく柔らかく感じられるという経験までしている。

　急に、いつものドアノブに対して、頑張れば握り潰せそうだなと感じたのである。

　最初は猛獣か何かのように思えていたクラスメイトに対しても、今日は紙風船くらいの存在感しか感じなくなっていた。

　まるで藁人形か何かが喋っているような空虚さだ。

「やっぱり、コイツが一番足を引っ張りそうだぜ」

　俺が何も言わずにいたら、ロン毛がクラスメイトたちに向かって言った。

　どうやら他人から威圧感を感じられるのは俺だけのようである。

俺をCクラスに負けた理由にでもするつもりだろうか。

そもそもAクラスやBクラスには貴族の子弟も多く、大手ギルドの有望な新人なども含まれているから、今のレベルでは何をしたって、このDクラスが対抗できる要素などない。

「なんの足を引っ張るんだ。Cクラスと戦争でもするのか」

放っておいても、ストーリーが進めばそのうち抗争が起こるはずだが、Aクラスのボスは魔眼持ちで、レベルが20あっても勝てるかどうかわからないような厄介な相手だ。

だから余計なことにリソースを割かずに、今はとにかくレベルを上げるべきである。

しかも、そんなのは序の口で、ストーリーの中盤にもなれば、この学園は代理戦争の戦場になるのだ。

「舐(な)められないようにすんのに、オメーがいたら足を引っ張んだろうがよ」

ロン毛はそんなこともわからないのかというような態度で言った。

「だったら自分のレベルを上げるんだな。他人の心配してる場合じゃない」

「誰が心配なんかするか」

「そのくらいにしておくんだ。内輪揉めなんかしても状況は改善しない」

一条が割り込んできたので、そこで話は一段落付いた。

「だけど、一度は戦わないとCクラスの嫌がらせは終わらないよ」

風間の言葉に、みんながシンと静まり返る。

こないだの合同授業で、嫌というほど実力差を見せつけられたから、焦りだけが募っているのだろう。

二年も早くダンジョンに入っているCクラスとの差は、そう簡単には埋まらない。

俺なら埋めてやれるかもしれないが、攻略本の存在に気付かれるリスクを冒すことなどできないし、そこまでしてやる義理もない。

それにシナリオが書き換わって、攻略本の持つ優位性が失われても困る。

「そのことについて話しても、進展はしないってわかったでしょ。みんなにも今は目立たないようにしてほしいかな。私は上を目指したいし、こんな嫌がらせなんかに負ける気ないから」

この、神宮寺が言外に言っている、黙ってレベルを上げるというのが一番の解決策だろう。

わざわざこの学園に来たのは大手ギルドや軍に入るためなのだから、そのために必要なことを黙ってやればいい。

大手ギルドでも、軍でも、そこで実力を認められればレア武器や秘匿されたクラスへのアクセスが可能になる。

そのために必要なのも、それを活かすのに必要なのも、レベルによって底上げされたステータスだけだ。

まあ、攻略本がある俺は、クラス情報や機密の奪い合いなんかに興味もないけどな。

解決策がない以上、神宮寺の言う通りにやるしかない。

それ以降、放課後に一条たちは何やら作戦を練っているようだったが、事を起こすことに反対していた神宮寺まで、そこに加わるようになった。

■■■

何事もないまま二週間が過ぎて、俺の方はレベル20になっている。

俺は新しいクラスの解放条件を満たし、剣闘士へとクラスチェンジした。

そのこともあって一時的に回復魔法の威力も落ちたので、これ以上は七層でのレベル上げが不可能となってしまった。

エクスヒールを使えば魔法一発で七層の魔物を倒すことはできる。

それでやれなくはないが、効率が落ちすぎてしまってやる気にはならない。

元々レベルは上がりにくくなっていたし、安全を考えて狩場を移さなかっただけだ。

そんな中で、またダンジョンダイブの授業が組まれた。

今回は三日という長めの期間で授業が組まれている。

俺としては三日間もレベル上げが停滞することになるので、ぜひともサボりたいところだった。

「天都香洋子だよ。よろしくね、って知ってるか」

「いや、初耳だよ」

サボろうと考えていたのに、さっそく花ヶ崎に捕まって彼女を紹介された。

色々な髪の色は見てきたが、天然でピンクはかなり珍しい。

「はあ、もしかして私のこと忘れちゃったのかな。中学が一緒だったよね」

「そ、そうだったか」

こういう裏設定はマジでやめてほしい。

心臓がバクバクしてくるではないか。

それにしても、こんな目立つ髪色のクラスメイトに見覚えがないというのもおかしな話だ。

「最近まで体調が悪くてお休みしてたんだけどね。もしかして本当に忘れちゃったの」

「ま、まあな」

「ひっどーい。高杉ってマジで常識がないね。頭、おっかしいんじゃないの」

自分のキャラ設定に、変人というのも追加しておいた方がいいかもしれなかった。

ここまで来ると、それ以外の理由で誤魔化す言葉などありはしない。

「ピンク色の髪をした奴に、常識をうんぬんされたくはないな」

「はあ!?」

「天都香さんはレベルが低いから、手伝いをするのよ。私への恩返しだと思って手伝うといいわ」

またおせっかいな性格を発揮して、花ヶ崎はこんなのを拾ってきたらしい。

天都香　洋子［あまつか　ようこ］
わりと人気のあるヒロイン。
回復寄りの魔法特化型。
性格は楽天家でマイペースだが、優しい一面もあり、とにかく元気。
最初はひと月くらい体調不良で学校を休んでいる。

神宮寺は最近になって一条たちともパーティーを組むようになったので、その補充という形になった。

最初は安全を考えて二層からやることにした。

今回は三日間という期間なので、周りもかなり気合が入っている。

それに今回は、到達目標階層が四層に設定されているので、他のクラスの妨害もないのではないかという期待もあるのだろう。

そんな中で二層に来たのは俺たちくらいだ。

観光なのか小遣い稼ぎなのか、周りには一般人の探索者がまばらに見える。

「なんだか申し訳ありません。私のために無理をさせてしまったみたいで」

「気にしなくていいわ。あいつも遊んでるようだし、気楽にやりましょう」

俺は練習しようと持ち歩いていたわりに、一向に出番のなかった大剣をここぞとばかりに振り回していた。

確率負けがひどくて低かったステータスも、平均くらいまで上がっている。

高杉　貴志　Lv20　剣闘士Lv1
HP　730／230（+200+300）　MP　173／173
筋力　180（+150）
魔力　233（+30）

敏捷　48（＋50）
耐久　219
精神　81
装備スキル　聖魔法Ⅴ　魔法Ⅰ　剣技Ⅰ　なし

剣闘士
ＨＰ＋200　筋力＋150　敏捷＋50
ＨＰと筋力が伸びやすく、アタッカーのわりに敏捷もそこそこ上がってくれる。
裸で戦わされて奇跡も起こせなかった史実から、耐久と魔法ステータスが一切伸びない。
魔法系ステータスが育たないのは、それがデメリットでもありメリットでもある。
ＭＰが上がりにくいという強烈な制限はあるが、その分攻撃力を伸ばしやすい。

こんな階層ではもはやレベルも上がらないので、遊ぶよりほかにすることがない。

重たかった大剣も普通にちょっと重いかなくらいで支障はないし、敵なんてレンタル武器なのに豆腐みたいにすぱすぱ切れる。

敵の動きもすっとろいから、なんの脅威も感じられない。

ガンガン奥に進みつつ、わざと遠吠（とおぼ）えさせて敵を呼ばせてから倒した。

それにしても、三層に行った奴らの数倍は経験値を稼いでいるが、こんな猛烈なパワーレベリングをして大丈夫なのだろうか。

パワーレベリングをすると死にやすくなると、学園の教師も言っていた。

天都香は敵に触れることもなく、とてつもない勢いでレベルが上がっているはずだ。

「凄いじゃないの。ちゃんと使えているのね。それにしても、ずいぶん戦えるようになったものだわ。あなたの成長の速さには、いつも驚かされるわね」

「どうして上から目線なんだよ。男子、三日会わざればなんとやらだ」

「それって、花ヶ崎さんから見ても、この高杉が普通より凄いってこと？　それは意外すぎるよ」

「クラスメイトなんだから呼び捨てでいいわよ。それとね、彼にとっては普通に戦えるだけでも凄いことなのよ。最初は本当にひどかったもの」

「俺に才能がなかったみたいに言わないでくれ。初期ステータスが低くて手こずっていただけだろ。あんなものサイコロの出目しだいなんだから、すぐ平準化されるに決まってる」

本当は、そんな簡単なものではないくらいのハンデだった。

それでも特殊クラスに就いてしまえば、ボーナスステータスが大きすぎて差がなくなったというだけに過ぎない。

「初期ステータスは才能と言われているのよ。だけど、今は褒めているのだから、それでいいじゃないの」

才能と呼べなくもないが、俺としては承服しがたい。

半日もやっていたら天都香のレベルが5になってしまったので、二層ではレベルが上がりにくくなってしまった。

クラスメイトでもレベル8くらいで停滞している奴が多いから、初日としては出来過ぎなくらいである。

そのくらい魔法を使われる三層に、クラスメイトたちも手こずっているということだ。

それは三層奥を独占しているCクラスも変わらないだろうし、逆に四層まで行ってしまった方が、魔法を使う敵がいなくなる分だけやりやすい。

天都香のレベルが上がらなくなってしまった以上は、もはやこの階層にとどまる理由はなかった。

「それじゃ四層を目指そうぜ」

「そうね。揉め事がないといいのだけど」

「べつにCクラスなんか倒せばいいだろ。どうせ一条たちが倒した後だよ」

「簡単に言ってくれるわね。あなたの自信はいったいどこから湧いてくるのかしら」

「高杉ってそんな性格だったっけ？」

呆れる花ヶ崎とは対照的に、天都香の方は俺のことをいぶかしんでいる。

自分の性格は変えることができないし、わざと不愛想にしているから、性格については知らん顔をしているしかない。

高杉貴志なる人物の性格など、もはや知る術もない。

四階に上がって少し進んだら、遠くから揉めているような声が聞こえてきた。

どうやら今になって本格的にCクラスとぶつかり始めたらしい。

Dクラスの生徒も集まってきていて、通せんぼをしていたCクラスの三人組の方が少し取り乱している。

何が起こるのかと思っていたら、三人組の一人が仲間を呼びに行ってCクラスの生徒をぞろぞろと連れてきた。

どうも本格的にやり合いそうな雰囲気があるので、俺は高台になっているところに登った。

「こっちの方が見学に向いてるぞ」

「どうやってそんなところに登ったのよ。私たちには上がれないわ」

軟弱な魔法職二人を引き上げてやると、ちょうど話が進展しそうなところだった。

これだけの人間がいたら、さすがに揉み消すことはできないし、まさか殺し合いまではいかないはずだ。

だから安心して事の成り行きを見守ればいい。

「おいおい、なんの騒ぎだ。お前らにこの先はまだ早い。これは親切心で言ってやってるんだぜ。さっさと失せな」

Cクラスの代表らしい眼つきの悪い男が言った。

その言葉はあながち嘘ばかりというわけでもないと思われる。

オークウィザードが大量に出てくればかなりの危険を伴うだろうし、この世界ではHPを伸ばすために最初は近接クラスを選ぶ人が多いのだ。

その近接職にとって、魔法はかなりのカウンターになる。

「ここを通してもらう。力ずくでもね」

一歩前に出た一条が、険をふくんだ表情で言った。

「ふん、いいだろう」

眼つきの悪い男は表情一つ変えていない。

クラスメイトは一条たちから離れて、一条、風間、ロン毛の三人が前に出た。

どうやら、やり合うことは想定内、というよりやるしかないと一条も腹をくったらしい。

一条は剣士、そして風間とロン毛は魔法使いだ。

一条が二人を守りながら、魔法で攻める作戦のようである。

問題となるのは、相手の装備だ。

リングは白く光った金属製で高そうだから、一条のCレアっぽい片手剣ではダメージが出せない。

武器の中には、詠唱遅延やMP強奪といった付加効果の付いた武器もあるから、たとえノーマルレアに見えたとしても侮れはしない。

しかし、レアすぎて普通は売ってしまうだろうし、今の段階で一条が持っている可能性はゼロに等しい。

それに相手は魔法耐性を上げるネックレスや指輪を装備している魔導士だから、魔法メインで戦うのは相手の思うつぼである。

貧弱な装備の一条たちに対し、相手は貴族なのかなんなのか知らないが、完全に対策ができた高価な装備で固めていた。

攻略本によると相手のレベルが12だというから、レベル差は4くらいだろうか。

すでにほとんどの生徒が端末からはレベルを確認できなくしているので、正確なところはわからない。

それでも一条なら初期性能だけで十分に埋められる実力差だ。

一条がどのくらい戦えるかによって、ストーリーの進み具合にも影響が出てくるだろうし、非常に興味深い戦いである。

「行くぞっ！」

いきなり一条が仕掛けた。

Cクラスの魔導士である桐山は、一条の片手剣による突きを顔面に受けたが、わずかに顔をのけ反らせながら一歩後ずさっただけだった。

初めから最初の一撃は避けるつもりがなかったように見える。

そのパフォーマンスだけで、周りは息を詰まらせて応援の声も止まってしまった。

リングのおかげかステータスのおかげか、やはりかなりの耐久力がある。

一条の武器のレアリティでは、桐山の持つリングの防御力を抜けきれていない。

「まあ、こんなもんか。よく聞けよ。こいつらの手助けをしたら、そいつもぶちのめすぞ。余計なことはしないで、おとなしく見ているんだな」

たしかに外野からのヒールが入ったりしたら、桐山からしてもうざったいだろう。

このままDクラスが委縮してしまったら、一条たちに勝ち目はない。

俺は第二階位まで成長していたバフを、一条に向かってかけた。

一条の体が淡い光に包まれて、強靭と瞬身の覇紋による身体強化と移動速度上昇の効果が付与される。

その光を見て桐山が舌打ちした。

「誰だ！　今の魔法を使った奴は、かならずぶち殺すぞ！」

何やら吠えているが、俺がやったことにさえ気が付いていない。

せっかくだから、このまま黙っていよう。

あとは無詠唱のヒールでも使っていれば、一条たちが負ける心配もない。

しかし俺のヒールなしで勝てないようじゃ、この先のストーリー展開が思いやられる。

無理に勝たせても先の展開が心配だから、手助けはこのくらいにしておこう。

「助かる！　それじゃあ、行くぞッ！」

一条は、また桐山に向かって駆けた。

風間とロン毛によるカマイタチとフレイムの魔法が、一条の剣より先に桐山に襲いかかる。

桐山は腕を交差するようにして魔法に耐えると、一条の剣を杖でガードした。

服には焦げ跡一つついておらず、やはり魔法耐性はかなりの装備を揃えている。

そして風間たちに向かってフレイムバーストの魔法を放ち、周りにいたクラスメイトを巻き込んで炎を炸裂させる。

同時に、一条は杖で横殴りにされて吹き飛ばされた。

炎に巻き込まれた生徒たちからは悲鳴が上がり、火だるまになったクラスメイトが転げ回っている。

ロン毛の方は魔法をまともに受けて、戦意を喪失したのか膝（ひざ）をついてしまった。

それでも一条と風間は攻撃を続ける。

連携の取れた動きで、一条は桐山の周りを飛び回って狙いを定めさせない。

最初は余裕を見せていた桐山の表情にも、焦りの色が見え始めた。

マナポーションの瓶を呷（あお）って、フレイムバーストを自分の足元に炸裂させた。

自分やパーティーメンバーは魔法の対象外に指定できるので、範囲魔法の使い方としては一般的なものだ。

避けることもできずに、一条は炎に包まれた。

火柱が消え去って地面が燃え始めると、一条の攻撃にもさえがなくなる。

ＨＰが減っているのを気にしたのか、一条は桐山の杖から逃げつつポーションを使った。

しかし、それは場所が悪い。

ちょうど風間と近接した場所だったために、範囲魔法に巻き込める位置だ。

桐山はその隙を見逃さずにフレアバーストを放って、風間と一条は大きく吹き飛ばされてしまった。

距離が空いてしまえば、それは魔法使いの独壇場となる。

一条の方がダメージが大きいのか、ふらついている隙に、桐山はさらに追撃のフレイムランスの魔法を放つ。

単体攻撃中位魔法は目にもとまらぬようなスピードで、まるで吸い込まれるように一条へと迫った。

勝負あったかに思われたが、爆風が起きた時には横から割って入った風間が一条を庇うようにして盾になっていた。

風間の方は、それで吹き飛ばされて気絶状態になってしまったのか、動かなくなった。

それで怒りをあらわにした一条は、無謀にも一直線に桐山へと向かっていく。

後衛がいなくなったことで集中力が生まれたのか、一条は桐山が使うフレイムの魔法を避けながら攻撃を当てるようになった。

敏捷の数値が高いのを活かして、攻撃の方もそれなりに入っている。

桐山は苦し紛れに足元めがけてフレアバーストの魔法を放つが、そのせいでMPが尽きてしまい、MPを回復する隙も与えられず一条に打ち倒された。

クラスメイトたちから歓声が上がって、倒れていた風間に人が群がる。

風間の方もすぐに動けるようになったので、命に別状はないようだった。

「くそっ」

桐山は膝をついて地面を殴った。

これでCクラスのリーダーを倒したことにより、四層までの道が開けた。

クラスメイトたちはなだれをうって三層の奥へと入っていった。

一条も風間に肩を貸しながら、奥へと入っていく。

その姿を桐山たちが悔しそうな表情で見送っていた。

「それじゃ俺たちも行こうぜ。今日は四層に泊まりでいいだろ」

「そうね。それにしてもCクラスの生徒に勝つなんてたいしたものだわ」

中学からダンジョンに入っているとは言っても、中学生にそこまでの無茶はさせていないだろうから、追いつけないような差ではない。

それになぜか、三対一だったしな。

高台から降りて、俺たちも手当てを受けている桐山を横目に奥へと入ろうとした。

「おい、何もしてないお前が通るのかよ！」

そう声をかけてきたのは、大した怪我もしてなかったのに仲間から手当てを受けていたロン毛である。

「まるでお前が何かしたみたいな言い方だな」

俺はわざと驚いたふうを装って言った。

こいつがもうちょっと動けていたら、戦いはずっと楽になっていたはずだ。

「ふざけんなよ。こっちは体張ってんだぞ」

「前にクラスの底上げが必要だとか言ってなかったか。俺のレベルが上がらないと困るんだろ。それとも心変わりしたのか。こいつらの真似がしたいなら、俺にかかってくればいいじゃないか」

俺は治療を受けている桐山を顎で指しながら言った。

もはやこいつらには負ける気がしないので、そんな奴の言い分など心の底からどうでもいい。

「て、てめえ……」

「おい、やめとけって。こいつ結構強いぞ」

ロン毛を止めたのは、俺と同じ剣術の選択授業を受けている緑のモヒカンである。

最近では斎藤とも互角にやれているので、それについて言っているのだろう。

そういえば最近になって、モヒカンから何かを言われるようなことはなくなった。

今は自分がクラスの最下位だと気が付いたのだろうか。

ロン毛はまだ何か言いたそうにしていたが、俺は無視して奥に向かう。

ちょっと奥に進んだだけで敵の数が増えて、広場になった場所ではクラスメイトたちが十人くらいで協力しながら敵を倒しているところに鉢合わせた。

まだ三層奥は早すぎたパーティーだろう。

他のクラスメイトは問題なく、さらに奥へと進んだようである。

俺たちも集団を横目に通り過ぎて、さらに奥を目指した。

「こんなところに三人で来ちゃって大丈夫かな。さっきの人たちと合流した方がよくなかった」

「俺がいるから大丈夫だ」

俺は天都香が心配しないよう、なるべく自信のある調子でそう言ってやった。

そしたら、あろうことか天都香は俺の言葉を無視して花ヶ崎に縋りついた。

「ねえねえ、玲華ちゃん。やっぱり無茶だよね」

心細いのだろうが、ヒーラーのお前がビビってどうするのだと言いたい。

どうせ戦いもせずに、後ろで見ているだけではないか。

攻撃魔法の覇紋すらないから、まだ天都香はただの一度だって敵を攻撃したことがない。

「貴志が大丈夫だと言うのなら大丈夫なんでしょう。それに、もしもの時は私が付いているから心配ないわ」

「そうなんだ。よかった」

「なんで俺の言葉は信じられなくて、その能面みたいな顔した女の言うことは信じられるんだよ。

おかしいだろ」

「の、能面ですって……」

花ヶ崎の額に青筋が浮かび上がる。

「言っとくけど、高杉の評判は良くないよ。みんながスライムも倒せない無能だって言ってたもん」

「スライムが倒せなかった事実はない」

「そうだったかしら。スライムに襲われているあなたを庇った記憶があるわ」

花ヶ崎が余計なことを言う。

それはスライムのボスだし、俺のレベルが1だった頃のことだ。

「そんな昔のことは忘れたね」

「やっぱりそうなんだ。落ちこぼれじゃない！」

「もと落ちこぼれだ」

そんな俺たちの言い合いを見て、花ヶ崎はため息をついた。

今は余裕の花ヶ崎も、そろそろ誰かにレベルで抜かされるだろうことを気にしている。

それだけ一条たちの攻略速度は速い。

着実に力をつけ、もうレベル8か9にはなっているだろうから、花ヶ崎と同じくらいまでには迫っているはずだ。

そのあたりの事情も、神宮寺から聞かされて花ヶ崎は知っているものと思われる。

四層に着く前に敵がわんさか出てきて、多少しんどくなってきた。

魔法は怖くないが、俺の敏捷はまだ低いので、ここまで群がられたら距離が取れなくて戦いにくい。

敵を一掃したら、剣闘士のクラスレベルが2になった。

それと同時に天都香と花ヶ崎のレベルも上がったようだった。

敵のヘイトを取る前に倒してしまっているので、花ヶ崎はアイスクラウドの魔法で、俺に集まってくる敵の移動速度を落としてくれている。

設置型の魔法なら、敵からヘイトを向けられることもない。

相変わらず敵の攻撃は食らってしまうが、痛くもないくらいのダメージしかなかった。

花ヶ崎はもう少しこの階層でやりたいようなことを言っていたが、こんな経験値も入ってこない場所にとどまる理由もないので、俺は四層への階段を見つけたらすぐに降りた。

四層には、オークロードとコボルトが出る。

どちらも魔法を使ってこないので、レベル上げのしやすい階層である。

それもあってか階段そばの敵の出ない場所は開発されて、ホテルのような建物まで建てられていて、まるで知らない町に迷い込んだかのような錯覚さえ覚えた。

ここは今日の宿泊所にする予定の場所だ。

ぶ厚いコンクリートの壁で隔離された中には、休憩所や売店などもあって、どこで発電しているのか自販機まで置かれていた。

それらを素通りして、俺たちは四層の探索に向かう。

奥まで行くと、周りにはAクラスの生徒たちの姿もちらほらと見える。

　コボルトの素早さにそこそこ苦戦して、もはや大剣を捨てたくなってきた。

　目に見えないほどの素早さで、コボルトは俺の攻撃を回避する。

　ムキになって大剣を振り回していたら、花ヶ崎がアイスフロストの魔法で援護してくれるようになったが、タイミングを合わせるのが難しい。

　地面が氷に包まれ、水蒸気が冷やされて辺りが霧に包まれたようになる。

　敵は足元が凍り付いて一瞬だけ動きが止まるので、その隙を狙う必要があった。

「視界が塞がれてやりにくいな」

「そのくらい我慢なさい。しょうがないじゃないの」

　パーティーメンバーに魔法は当たらないが、俺をめがけて魔法が飛んでくるのだから遠慮がない。

第六話　新しい課題

「そろそろ宿に戻った方がいいな」

　夢中になってやっていたから、時間はもう夜の七時を回っている。

「すごく経験値が稼げているから、もう少しお願いしたいわ」

　朝からぶっ通しでやっている俺に向かって、花ヶ崎は容赦のないことを言った。

　レベルが上がって疲れにくくはなっているが、精神的には疲れが出ていて、もはやモンスターが視界に入っただけでも嫌気がさす。

　青白いだけの陰気な洞窟マップなのも、ひたすらに精神をさいなんでくる。

「今のレベルは」

「9になったばかりよ。どうしても今回の授業で10まで上げておきたいのよね」

「まだ一日目なんだから、そんなに焦る必要はないだろ。明日には上がるんじゃないのか」

「それで、あなたはいくつになったのかしら。――どうして何も言わないのよ。そう、私だけに言わせておいて、自分は秘密にしておきたいわけなのね。いつもそうだわ。いいわよ。べつに興味なんてないもの。最近は授業の後にダンジョンでも見かけないし、山に籠って剣でも振り回しているのかしらね」

　それはもちろん、七層でレベルを上げているのだ。

　真似をされて死なれても困るから、それについては言えない。

「秘密だよ」

「初日なのに、私はもうレベル6だよ。さすがにこのくらいになると上がらなくなってくるね」

「この階層なら、すぐに上がるわよ。では、洋子のレベルが7になったら終わりというのはどうかしら」

借りもあるので、まあいいかと狩りを続けることにした。

しかし、さすがに大剣を振り回すのにも飽きてきたので打ち刀に切り替えた。

レベルによってアイテムボックスの容量も拡張されているので、大剣も仕舞えるようになっている。

打ち刀に替えても相変わらず敵は一撃で倒せるが、攻撃自体は結構かわされるので、敏捷のステータスが足りないことを実感させられた。

第二階位へと成長した瞬身の覇紋を使っているのに、それでも足りていない。

この魔法は1．5倍強化なので、元の数値が低すぎるのかもしれない。

やはりビショップは後衛職寄りなのだ。

攻略本にはそれを補う装備についても書かれている。

本当は街に行くのが今日から解禁されるので、そっちでアイテム集めをしたかった。

今までは学園から、街に行くことが禁止されていたのだ。

この様子だと、三日あるダンジョンダイブの授業期間は、花ヶ崎によって限界まで使い倒されそうな気がしてくる。

できれば最終日の午後までには地上に戻りたいところだ。

すでに四層の奥まで来ていてこれだから、もはや五層に行くより効率を上げる方法がない。

しかし五層は、Ａクラスの連中でさえまだ足を踏み入れないような場所である。

厄介なサーベルタイガーが出るので、俺一人では苦戦しそうな予感がする。

サーベルタイガーに手こずっていれば、サラマンダーの魔法を食らい続けることになる。

素早いサーベルタイガーが回避型タンクになり、魔法攻撃のあるサラマンダーが後衛となる厄介な組み合わせだった。

正直、レベルが上がってから近接戦闘は試してなかったが、今までの感じからしても、これだけレベルが上がっていれば、なんとかなるような気がした。

そこで五層に続く階段を見つけた。

「ちょっと行ってみるか」

さすがに二人とも猛反対したが、試してみたかった俺は強引に階段を降りた。

最初はサーベルタイガーとサラマンダー二体の組み合わせで、サーベルタイガーの素早い攻撃に防戦一方となっていたら、サラマンダーのフレイムに焼かれてＨＰがじわじわと減り始めた。

初めて自分にハイヒールを使ってＨＰを戻しながら、なんとかサーベルタイガーを倒す。

そして次に小さいサラマンダーを、必死に追いかけ回しながら倒すハメになった。

なるほど、魔法攻撃が極めて厄介で、ビショップでレベル上げをした俺では、サーベルタイガーを相手にするには、敏捷の値が圧倒的に足りていない。

魔法耐性のおかげでなんとかなったが、これでは後ろの二人に危険がある。

俺一人ならゴリ押しでなんとかなるだろうが、ＭＰが持つかわからないし、後ろの二人が狙われてしまったら、これまでのように瞬殺による対処ができない。

「私たちには手が出せないわ。狙われたら死んでしまうわよ」

たしかに、攻撃が後衛に向かえば命の危険がある。

とくに天都香がヒールなんかを使って敵からヘイトを買えば、それで向けられた天都香へのターゲットは簡単なことでは剥がせない。

そのくらいヒールというのは強いヘイトを買ってしまう行為なのだ。

本来ならサラマンダーの魔法攻撃は後衛がタンクし、サーベルタイガーは前衛が倒すのだろう。

今の俺には、手に余る相手だった。

花ヶ崎も精神の値が足りなければ、魔法を使われたところで最悪死んでしまう。

俺たちは四層に戻って、多少疲れも出てきた体に鞭打ちながら二時間ほど続けた。

けっきょく天都香はレベル7にもなれず、俺が先に音をあげた形になった。

四層の宿があるところに戻ってくる頃には、だいぶ遅い時間になっていた。

「申し訳ないのだけど、部屋は二つしか残っていなかったわ。それにベッドは、とても二人が寝られる大きさじゃなかったわね」

「じゃあ俺はあっちでいいよ」

俺が指さしたのは、簡易的な塀に囲まれて無数のテントが立てられている場所だ。

宿は高すぎるので、俺は最初からテントの方を借りるつもりでいた。

「わ、私もテントでいいかな。宿はちょっと高すぎるし……」

「お金のことなら心配しなくていいわ。女の子が外で寝るなんて危ないもの」

「そ、そうかな。じゃあ、お言葉に甘えて」

「あなたは本当に外でいいの」

「ああ。それしかないだろ」

「お金を出せば、ロビーくらい貸してくれるかもしれないわよ」

「いや、いい。それじゃまた明日な」

俺はテントのある方に行って、管理小屋にいたおじさんに二十円を払う。

そしてテントに入って、アイテムボックスから攻略本を取り出した。

今の俺の課題は、敏捷の値が低すぎて、レベルが20もあるのに素早い敵に翻弄されてしまうことへの対策を考えることである。

攻撃力と耐久だけは有り余っているし、そのせいで一番数値が伸びている魔力による回復魔法の出番がない。

攻撃魔法は、さすがにMPを温存しておきたいので、積極的には使いたくなかった。

攻撃に使い始めると、すぐにMPが空になってしまうのだ。

ダンジョン内では、モンスターだけでなく人間も敵になることがある。

だから軽々しくMPを空にすると、いざという時に戦えなくなってしまう可能性が怖かった。

しかし攻略本にも、今すぐにできる解決策については載っていない。

やはり剣闘士でもっとレベルを上げるか、街に行ってアイテムを手に入れるかしか解決のしようがないようだ。

ローグ系にクラスチェンジすれば話は早いが、ステータスボーナスが敏捷にしかないし、それでは最終目標にも到達できない。

　そもそもトニー師匠は、敏捷の値を必要ないと断じているふうなところがある。

俺としては、その意図をはかりかねるので、なんともしがたい問題だった。

　俺は攻略本を置いて、アイテムボックスを開いた。

　ダンジョンの中は暑くも寒くもないが、寝るにはちょっと涼しすぎる気温だ。

　大きめのテントの中にはベッドが一つあり、脇には小さなコンロが置いてある。

　明かりが豆電球のような照明しかないのがつらいところだ。

　保存食を火であぶってから食べると、疲れからかいつの間にか眠ってしまっていた。

　翌朝は天都香にベッドから落とされて目が覚めた。

　朝と言っても周りは薄暗くて、地獄の三丁目にでもいるみたいに気分がさえない。

「昨日と同じところに汚れがあるわよ。もしかして服を洗ってないのかしら」

　花ヶ崎は昨日と同じく、銀色に輝く汚れ一つない純白のローブのようなものを着ている。

ぶ厚くて高価そうな生地の下には制服でも着ているのか、それとも普段着なのか。

「貴族様と違って、俺のテントには飲み水すらなかったからな」

　花ヶ崎は気の毒そうな視線をこちらに向けた。

　水の入った小さなペットボトルをポケットから取り出して差し出されるが、なんだか施しを受けているようで、ひどくプライドが傷つけられた。

　封の切られていないペットボトルではあったが、花ヶ崎の体温は高いらしく、水は生温かかった。

べつに水くらい自分で持ってきているし、替えの下着だってある。

だが、一般の探索者にとって、多少臭くなるぐらいは当たり前のことなのだ。

そんな当たり前のこともわからないとは、なかなかに甘やかされて育ったらしい。

自分は服が汚れるようなことなど何もなかったくせに、ずいぶんと贅沢なことをする。

もっとも貴族の中には、シェフを連れてダンジョンに入るようなのもいるそうだから、そんなのと比べれば庶民的とも言えた。

水を飲んで、打ち刀を腰に差したら、俺の準備はそれで終わりである。

「今日も張り切りなさい。期待してるわよ」

可愛い笑顔でそんなことを言われるが、こいつは自分の価値をよくわかっているので油断ならないなと思った。

そんな言葉に乗せられる俺ではないが、早く地上に帰りたいのも事実だから、何も言わずに四層の奥を目指して歩いた。

自分のレベルも上がらないというのに、なぜ俺はこんなことをしているのだろう。

「経験値を欲しがるわりに、変なのを拾ってきては手助けするんだな。本気でレベルを上げたいと思っているのか。そういえば貴族には責務があるんだったな」

「変なのって、私のことじゃないよね」

天都香が過敏な反応を見せるが相手にしない。

花ヶ崎は表情を曇らせて、なんと答えたらいいのか考えているようだった。

「難しい質問ね。お兄様がとても優秀なので、両親はあまり私に期待を寄せていないでしょうね。家はお兄様に継がせたいでしょうし、しょせん私など政略結婚の駒でしかないわ。期待されているのは、いい成績で高校を卒業することくらいかしら。家を継がなければ責務とも切り離されるのよ。だから私に、それ以上のことは求められていないわね」

なるほど、今の時代に政略結婚とは貴族様も大変である。

そんな時代錯誤な慣習が残っているくらい、貴族が利権を握っているということだろう。

まあ、それでも庶民に比べたら大した悩みではない。

「へえ、大変なんだね」

「お父様はアメリカの大富豪から、お兄様のために、あるクラスの解放条件を買っているの。その条件を満たして、クラスチェンジすることが私の目標でもあるかしら」

花ヶ崎の実家が手に入れたのは、アークウィザードに関する情報である。

たしか魔導士をカンストさせて、盗賊をレベル5まで上げた後、付与魔術師にクラスチェンジして、ダンジョンでドラゴン族をソロで討伐すれば解放されるはずだ。

しかし、この世界でその条件を満たすのは相当に難易度が高い。

授業で習った日本の最高到達階層は二十八層であり、レッサードラゴンが出るのは二十一層からとなっている。

上位ギルドのエース級ならば難なく達成できるだろうが、そんなのは一握りしかいないし、それでもかなりの危険を伴う行為だ。

よりにもよって貴族がなぜそんなことに命をかけるのかと思うかもしれないが、貴族として体裁を保つには、それくらいの攻略階層が必要なようである。

その辺りの階層になってくると、縄張り争いは、こんな低層のものとは訳が違う。

とはいえ貴族なら上位ギルドとのコネ自体は作れるだろうから、妨害の心配はしなくともいいのかもしれない。

ちんたらやっていなければ、まあまあ達成可能な範囲だろうと思われた。

探索者のピークは早いから、最前線でやれる期間はそれほど長くない。

それゆえに、無茶をしたり縄張り争いをしたりということが減らないのだ。

あまりダンジョンに長くいすぎると、精神的に良くない影響が出始めるとのことだった。

だから十年も続けたら、探索者は足を洗うのが慣例となっている。

それまでに解放条件を満たして、それなりにクラスレベルも上げるというのは大変だろう。

アークウィザードの解放にはもっと簡単な方法もあるのだが、それを教えられないのがもどかしい。

普通なら花ヶ崎を仲間にしたら、魔女にクラスチェンジさせるのがセオリーのはずである。

もっとも、かなり高度なＡＩが搭載されたゲームだったので、仲間になったキャラであっても、プレイヤーの意思で勝手にクラスチェンジさせられるようなゲームではない。

魔女を解放しても、花ヶ崎がそっちにクラスチェンジする可能性は半々だったはずだ。

俺はソロ攻略だし、彼女は俺の仲間になったわけではなく、落ちこぼれを助けるボランティア活動で一緒にいるだけだから手助けはできない。

■■■

「剣士は防御力がなくて、戦士は攻撃力がないから、それぞれ苦労すると聞いていたのに、あなたはどちらにも当てはまらないのね。盾すら持たないようだし、綾乃から聞いていた話と違うのだけど、どんな裏技を使っているのかしら」

「そうだよね！　私もずっとおかしいと思ってたんだ。だって落ちこぼれのはずの高杉が、クラスメイトが誰も来られないような場所で平気にしてるんだもん。しかも、ほとんど一人で倒してるんだよ。そんなのおかしいよね」

昨日は色々あって注意力が散漫になっていたのか、今日になって二人は今さらなことを言い出した。

だいたい、そんな話をするのはタブーのはずではないのか。

「コボルトには苦戦してるよ」

と俺は、ちょっと苦しめな言い訳を口にした。

四つ足動物の俊敏性というか、この犬の動体視力はとてつもないものがある。

黒い影のようになって、目に見えないほどのスピードで体ごと攻撃をかわされてしまう。

花ヶ崎による魔法のサポートがなかったら、とてもこんなペースでは倒せていなかった。

だから多少苦戦しているのは事実である。

昨日のサーベルタイガーに至っては、足が四つとも地面についているから、コボルトの比ではないほどの俊敏性だった。

「そうじゃなくて、倒すのも一撃だしさ。攻撃を受けてもヒールすら必要ないことを言ってるんだよ。どうして両立できているのさ。しかも回復までできるんでしょ。ヒーラーって、普通はこんなに暇じゃないよね」

「私が使っている魔法は、ダメージを重視したものではないのよ。それなのに、あなたは攻撃を一度当てるだけで簡単に倒しているじゃない。そんなのおかしいわよ」

「最強になる男だって言っただろ」

さすがに誤魔化しようもなくなって、俺はそう言った。

今となっては、ただ俺のレベルが高すぎて、桁違いのステータスによる結果でしかない。

手を抜くにしたって、これ以上は手の抜きようがないくらいだ。

俺に答える気がないと知った花ヶ崎は、ちょっと不機嫌そうな顔になる。

「それにしてはさえない戦い方ですこと。素早さが足りてないように見えるわ。でも、将来どこも引き取り手がなかった時には、私が子飼いにしてあげてもいいかしら」

花ヶ崎はまるでそれがいい提案だとでもいうように言った。

花ヶ崎にはダンジョンの攻略だってする気はないだろうしな。そんなものになったところで、ボディーガードでもさせられるのが関の山だ。

「そんなものになるメリットがどこにあるんだよ」

「この私に毎日会えるじゃないの」

俺の不満そうな顔に、花ヶ崎も不満そうな顔になった。

どうやら本気でそんなことを言っているらしい。

「ありがたくて涙が出るな。毎日、神に感謝するだろうぜ」

そう馬鹿にした感じで言った俺に対して、花ヶ崎は自信満々に言い放った。

「私はモデルにスカウトされたこともあるのよ」

「それにファンクラブもできたって噂だよね」

天都香の言葉に気を良くしたのか、花ヶ崎は満面の笑顔を見せる。

「その私にスカウトされたのだから、あなたにとっては光栄なことなのではなくって」

こいつは度が外れた天然の世間知らずである。

元々そんな気はしていたが、予想を上回ってきた。

もちろん貴族に取り入るために学園に通う生徒もいるだろう。

しかし俺はクラスメイトのファンクラブに入るような目標の小さな奴らとは違う。

「どうコメントしたらいいのかわからないな」

「そう。感情が死んでしまっているのか、本能が死んでしまっているのか、どちらかというわけね。まさか、もっと大きな目標があるとか、分不相応なことを考えているわけじゃないわよね」

まさかよね、という表情で花ヶ崎は俺のことを見る。

たしかに分不相応かもしれない。

攻略本がなければの話だが。

「もしくは表情のない能面みたいな女が、あまり好きではないかだな」

俺の言葉に花ヶ崎は一瞬で不機嫌そうな表情に変わる。

最近では表情に変化が出るようになってきた。

そのせいか、やっかいなことに最初よりも魅力的に俺の目には映っている。

だけど距離感だけは維持しなければならない。

「その言葉、二回目ね。忘れないわよ」

「高杉って、こんなに愛想がない奴だっけ」

なるべく接点を作らないようにしていただけなのだが、なんだか嫌な奴になりつつある。

元からそんな性格というわけではないし、天都香が知っている高杉とも別人である。

ゲームをやっているような感覚もあるが、ここまで現実感があると、元の高杉という青年の自我がどこに行ってしまったのか不思議にさえ思えてきた。

俺は真面目に戦っているというのに、後ろからはヒソヒソ声に混じって、ホモだの男色だのという言葉が漏れ聞こえてくる。

暇すぎて他にやることもないのだろう。

やはり一緒にパーティーを組めば、それなりのコミュニケーションが生まれるものだ。

授業でも、二年に上がる頃には、命を預けられる奴としか組まなくなるというようなことを聞かされていた。

長時間一緒にいるし、信用の置けないような奴とでは探索にも集中できない。

身分の違いがあると、それだけでも組むのに支障が出るらしいから、貴族は貴族同士か、自分の手駒だけでパーティーを組むのである。

パーティーメンバーというのは、そのくらい親密な間柄になっていくものなのだ。

どうやら俺は、もっと愛想のない奴になるしかないらしい。

少し余裕が出てきた天都香が余計なことをしてヘイトを買い、必死でヒールをかけてやりながらオークロードを倒したりして二日目が過ぎた。

聖職者はＨＰが上がりやすいとは言っても、俺が盾にならなかったら天都香は本当にオークロードの攻撃で死んでいたところだ。

剣術の裏スキルが上がってきたのか、レベルは上がらない代わりに戦いやすくはなっている気がする。

大剣では実感しづらかったが、ここまで効果のあるものなら、早めに刀剣スキルを上げておけばよかった。

今回は魔法も使わずに刀剣ばかり振り回していたから、少しだけ様になってきた。

やっと、この超人的な自分の身体能力を扱うことにも慣れてきたのかもしれない。

すぐに天都香がレベル7になり、次いで俺の剣闘士がクラスレベル3になった。

この感じだと剣闘士は必要経験値が多い。

十五時になる頃には花ヶ崎のレベルも上がって、やたらと上機嫌で過ごしていた。

この日は、朝のうちに花ヶ崎が部屋を取っていてくれたので、二十時過ぎまでオークロードとコボルトの相手をすることになる。

剣闘士レベル3で覚えた剣技Ⅱのスキルによって、ガード、ステップ、ローリングを使えるようになったので、練習しながら過ごした。

剣技Ⅱは、剣士がクラスレベル8で覚えるスキルだから、さすが攻略本に記された隠しクラスだけのことはある。

エフェクトも出ないので、これなら使っていても周りにバレることはない。

あと剣闘士で得られるのは盾術とかのいらないスキルばかりだから、有用なスキルが早期に得られたのはありがたい。

　これ以後に覚えられるスキルで使えそうなのは、剣技Ⅲのパリィと打ち崩しくらいだろう。

■■■

　翌日も天都香に起こされて目が覚める。

　何もしていないからか、コイツが一番元気にしているな。

　体が弱いとかいう設定は、どこかに行ってしまったのだろうか。

　昨夜は温かい食事も出されて、柔らかいベッドでしっかり寝られたので、体は完全に回復していた。

　今日はさっさと地上に戻って、街に行かなければならない。

　街が解放されたことで、できるようになったことはたくさんある。

「ごきげんよう。よく眠れたようね。せっかく高い部屋で寝たのだから、もう少しレベル上げをしていきましょうか」

　寝起きでとんでもないものを見せられて、俺は眠気も吹き飛んだ。

　まだ魔導士はカンストしていないはずだから、盗賊に転職するには早い。

「どういうつもりだ」

「なんのことかしら。――ちょっと、どこを見ているのよ。いやらしいわね」

　俺の視線に気が付いたのか、花ヶ崎は胸もとを隠すように体の前で腕をクロスさせた。

寝起きに驚かされて気が動転していた俺は、つい無遠慮に見てしまっていた。

花ヶ崎は顔を赤く染めながら俺のことを睨んでいる。

「う～ん、私もちょっと大胆すぎると思うかな」

さすがに天都香も苦い顔をして言った。

「そんなことないわ。今日はちょっと盗賊を試してみる予定なの。この格好はレンジャーズのリーダーを参考にしているのよ」

誰を参考にしていたって、ひどいものはひどいとしか言いようがない。

レンジャーズというのは中堅ギルドの一つで、実力的には上位だが、少数精鋭の方針なのか人数が少ないため大手ではない。

「おまえって、形から入るタチだよな」

俺の言葉に、花ヶ崎は怒り始めた。

「何が言いたいのよ。あなたは早く帰りたいのでしょう。だったら、さっさと始めればいいじゃないの。どうして動こうともしないのかしら」

俺は攻略本をめくって驚愕（きょうがく）した。

あれはダウンロード専用の有料コンテンツで、水際の花ヶ崎玲華という商品らしい。

紫色のビキニのトップスに、革のホットパンツ、そして紫のマント、さらには武器まで紫色のイメージカラーで統一されている。

しかも、これ一つで四千円もするというから驚きである。

はたから見れば、正気を失った女にしか思えない。

こんな裸同然の格好でも、高レアのリングを装備しているから、この辺りの階層ではＨＰが減ることもないだろう。

だからといって、ここまで気の触れた格好をする理由はない。

なんと言って止めたらいいものかと思案しているうちに出発することになってしまった。

食堂では給仕のおばちゃんたちからも奇異の視線を向けられていたのに、花ヶ崎にそれを気にするような様子はなかった。

「どうして私ひとりに前を歩かせるのかしら。私が前衛になったと言っても、タンクはあなたがやるべきよ」

「他人のふりをしているんだよ」

早朝で人目がないからいいようなものの、こんなのと一緒に歩くのは刑罰と一緒だ。

戦いが始まってしまうと、その気になっている花ヶ崎は、俺の目の前で無意味に跳ね回るようになった。

訓練を受けているのか、体捌きはなかなかのものだが、俺の集中力を著しく阻害する。

不健康で色白な体をしているから、余計にいやらしい感じに見えてしまう。

「悪い。その、揺れが気になって集中できない」

非常に気まずいし言いたくもないが、俺は意を決して口にした。

俺がそう言ったら、花ヶ崎はまた体の前で両手をクロスさせて顔を赤くした。

こいつに羞恥心という感情が残っていたことに驚きを隠せない。

本来ならこういうことを言うのは天都香の役目であるはずなのに、コイツは何も言ってくれやしないのだ。

「いやらしいわね。戦いに集中すればいいじゃないの。昨日のようにやればいいわ」

「無茶言うなよ。どうしてもそっちに気を取られるに決まってるだろ」

目の前で、張りのある大きめのやつがぷるんぷるん揺れているのだ。

水着の上からでも上を向いているのがわかるほど若々しくて生々しい。

「み、見損なったわ。昨日までは、クールなふりして信用させておきながら、そんな下心を隠し持っていたのね。卑劣よ。他の男子とは違うかもと思わせておいてそれなの。よこしまな心を隠すのがお上手ですこと。最低だわ」

俺のことを悪しざまに言ってくれているが、おかしいのは花ヶ崎の方だ。

有料コンテンツだけあって、その刺激はあまりにも強すぎる。

「私はちょっと安心したよ。高杉も普通の男の子だったんだね」

「では、これならどうかしら。こうすれば、あなたのいやらしい欲望が抑えられるのではなくて」

盗賊の格好の上から前日までと同じローブを羽織って、花ヶ崎は前日の見た目に戻った。

「露出狂のイカレた女よりはマシになったな」

「いいこと。レンジャーズというのは、れっきとした上位ギルドなのよ。しかも私に体術を指導してくれた師匠でもあるわ。師匠の真似をして盗賊らしい格好をしただけなのに、それをハレンチ呼ばわりするのは許さないわよ」

「その盗賊らしい格好は、敵がいないときにでも見せてくれた方が嬉しいね」

世間知らずのこいつを説得することなどできそうにないので、せめて男からどういう目で見られるかを教えてやるためにそう言った。

そして俺はぶしつけな視線を花ヶ崎の大きめな胸に向ける。

俺の言葉に、花ヶ崎は一瞬何を言われたのかわからないようだった、

「ふっ、不潔だわ……」

顔を真っ赤にしながら、花ヶ崎は俺から距離を取った。

盗賊のような回避職が軽装に身を包むのは、敵の攻撃をかわすときに衣装を引っかけたりしないためだろう。

今の花ヶ崎に、それほどシビアな動きは要求されていない。

そもそも俺が一撃で倒してしまうから、前線に花ヶ崎の仕事などないのだ。

ちょっとかわいそうなことをしたかもしれないが、あんな格好でダンジョン内を歩いていたら襲われる危険だってある。

天都香も呆れているが、コイツの有料コンテンツだって相当なものだ。

敏捷の初期値が無駄に高いこともあって、前線でうろちょろする花ヶ崎が敵から攻撃を受けることはなく時は過ぎていった。

初期クラスなら、そろそろレベル5になる頃合いだろう。

「クラスレベルが5になったら教えてくれ。そしたら帰ろう」

俺も二人に気を許して、ちょっと油断していたのかもしれない。

本来ならもっと慎重に言葉を選んで話すべきなのだ。

俺はとんでもないミスを犯していた。

いや、本当のミスはその後の対応だった。

「どうして5だと知っているのかしら。あなた、あまりにも知りすぎているわね」

急に緊張した声を浴びせられて、俺は固まった。

背後から殺気のようなものを浴びせ掛けられて、花ヶ崎の方を見ることもできなくなった。

アークウィザードに関する情報は、秘密保持の魔法契約書によって取引がなされるような情報である。

俺は必死に言い訳を考えた。

「い、いや。ただ、5までなら簡単に上がるかなって、きりがいいと思っただけだよ」

「そう、色々と知っているようね。そんなに緊張するのは、とっても不自然よ」

どうやらカマをかけられたようである。

さっきは殺されそうなほどの殺気を感じたのに、ふり返ってみれば花ヶ崎の表情に変化はなかった。

どうやら自分より優秀な奴に、情報を持っているとばれないようにするのは、俺が思っている以上に難易度が高いようだ。

これから俺は貴族に捕らえられて拷問でもされるのかと、嫌なビジョンが頭をよぎった。

「ん、なんかあったの。また高杉に嫌味でも言われた？」

天都香はよくわからない話の流れに困惑している。

「安心なさい。私は誰にも言ったりしないわ」

■■■

やっとのことで地上まで戻ってきて、久しぶりの太陽の光を浴びながら伸びをする。

花ヶ崎に脅されたせいで、さっきから気分が落ち着かない。

まあいい、気を取り直して街に出るとしよう。

とりあえず素材アイテムを学園の購買に売り払って、その後でクリーニングに出していた制服を受け取ったら、シャワーを浴びて、寮の自室で普段着に着替える。

ダンジョンダイブの三日間は食堂も閉まっているから、街に出たら牛丼チェーンに入って食事を済ませた。

二日ぶりの米が美味しくて大盛を二杯も食べてしまった。

街の感じは、元の世界とそれほど相違もなく、ほとんど間違い探しのような感じではあるが、武器を持ち歩いてる人が平然と通りにいるのには驚いた。

街役場の看板には、ようこそダンジョンの街へと書かれている。

あとはギルド○○本部といったような、ヤクザ事務所みたいな建物が目立つくらいか。

駐車場付きで、ちょっと尋常ではないくらいの金回りの良さを感じさせる車が並んでいる。

ダンジョンの攻略情報であれば、動画であれなんであれ金に換えられる世界だ。

じろじろ見ていたら、ひときわ大きな事務所の前に立っていた女性に睨まれる。

ギルドノワールとあるので、あの有名な伊集院響子の所属するギルドだろう。

街に来たので、まずはこのギルドハウス街でアイテム拾いを敢行する。

いいものが落ちていそうだが、ゲーム開始直後なのでたいしたものは手に入らない。

おかしなことに、今回は攻略本の通りにアイテムが落ちていなかった。

まさか一条の対決イベントを助けたことで、すでにシナリオが書き換わってしまったのだろうか。

もしくは、ＮＰＣが勝手に動き回るようになってしまった弊害か。

それにしては、落ちているアイテムなんかが変わるというのもおかしい。

どれも普通の人間に発見できるような感じでもないのだ。

そのあとは泥棒市と呼ばれる、闇市が並んだ通りにも向かった。

道端にブルーシートを広げている男から、誰かの遺品だと思われる短剣を買う。

そして表通りの骨とう品を扱う店から、ダンジョン産だという金庫のような箱を買った。

さっきの短剣は、この箱を開けるための鍵になっている。

こんなもの、攻略本なしには見つけることなど不可能だ。

短剣の柄に彫刻されたヒントのようなものがあるにはあるが、普通は気が付かない。

開けてしまったらもう用はないので、中身のネックレスだけ取り出して、箱と短剣は闇市で売ってしまう。

闇市に来て思い出したが、ダンジョン内には普通に遺品とかも落ちている。

間に合わないのはしょうがないと思うが、助けられるものはできるだけ遺品になる前に助けてやりたい。

しかし慎重に動かなければ、思わぬものに出会ってしまう可能性もある。

校庭で出くわした、あの魔神のようなものとは、今の段階で戦うことはできない。

あんなものが出てきてしまったら、もはや逃げることすらかなわない。

奴は今でも、学園の生徒の誰かに化けているだろう。

腕力のアミュレット
筋力＋20

ゴミみたいなアイテムだが、売れば優に一年は遊んで暮らせるだけの金が手に入る。

アミュレットや指輪は低層だと手に入らないから、こんなものでも希少なのだ。

これを持ってトレーダーズビルに入り、そこに入っているテナントの店主に交渉を試みた。

「敏捷のアミュレットが欲しいのか。だけど腕力の方が高価だぜ」

「じゃあ、身代わりの指輪もつけてください」

「身代わりの指輪ねえ。ありゃ、気絶ダメージを一回こっきり防いでくれるってだけのもんだぞ。しかもHP1でだ。そんな状態で生き残ったって、ポーションの蓋も開かねえうちにやられちまうよ。そんなもんでよければつけてやるが、あまり期待しねえ方が身のためだな。あとはマナポーションをつけてやる」

俺はお礼を言って、敏捷のアミュレットと身代わりの指輪、それにマナポーションを一つ受け取った。

五十円の短剣と百二十円の金庫が、二万円分くらいのアイテムに化けた計算である。

その後で占いおばばの店にも行ってみたが、主人公ではない俺の未来は見えなかった。

女の子からの好感度もわかるはずだが、それもわからないと言われてしまった。

役に立たないババアだと憤慨しながら店を出たら、次に向かうのは宝探しである。

やってきたのは、さっき下見したギルドノワールの裏手だ。

古くは別のギルドだったこの敷地内には、幻の刀が祭られている祠がある。

小さな祠の屋根の部分が開くようになっていて、そこに日本刀が入っているはずだった。

中の様子をうかがうと、とくに人の気配はしないので、今の俺の身体能力であれば取って戻るくらいは気付かれずにやれるはずだ。

さすがに大仕事を前にしたら、体が緊張感に支配される。

「ねえ、ちょっといいかしら」

急に後ろから声をかけられて、俺は跳び上がった。

振り返った先にいたのは花ヶ崎である。

「おどかさないでくれ。なんでお前がここにいるんだよ」

ビックリしすぎて死ぬかと思ったではないか。

まさか俺を捕まえて尋問でもしようというのだろうか。

しかし、それは俺を見くびりすぎというものだ。

そうなれば俺だって全力で抵抗するのだと考えつつ、アイテムボックスに伸ばした手が空を切った。

そういえば、アイテム拾いをするために、ボックスの中身はすべて寮に置いてきたのだ。

しまったなと焦ったが、よく見れば花ヶ崎に剣呑な様子はない。

尋問するとかではなくて、俺の秘密でも探っていたのだろうか。

「何を焦っているのかしらね。よほど後ろ暗いことをしようとしていたようだわ。忠告しておくけど、そのギルドの敷地内に部外者が入ったら命がないわよ」

どうやら、すべては思い過ごしで、ただの忠告であったらしい。

そういえばこいつは、そんなことをするようなキャラではなかった。

「別に入るつもりはない」

そう言った俺を前に、花ヶ崎は呆れたような顔を見せた。

「……そうかしら。とてもそうは見えなかったわよ」

「誤解だよ」

そう言ってみたが、花ヶ崎はそうかしらという顔をしてどこかに行きそうな気配がない。

早くしないとノワールの奴らが探索から帰ってくる時間になってしまう。

そうなれば気付かれずに中に入るなど不可能になる。

「あ、あの、ちょっとあなたにお願いがあるのよ。喫茶店にでも入りましょうか」

「頼み事なら、今ここで言ってくれないか」

俺の言葉に花ヶ崎は周りを見回した。

当然ながらこんな場所に近寄る奴はいないから、そこには誰もいない。

逡巡(しゅんじゅん)する様子を見せたものの、花ヶ崎は意を決したように口を開いた。

「その、あのクラスに就くためには、どうしたらいいのか知りたいのよ」

ずいぶんまどろっこしい言い方をするものだと思ったが、契約魔法に縛られていて、その件に関することは喋れないのかもしれない。

「解放条件なら、お前の親父（おやじ）が手に入れたんじゃないのか」

「その、あなたなら近道を知っているような気がするのよね」

ふむ、と俺は考え込んだ。

一番の近道は魔女にクラスチェンジして、クラスレベルを最大まで上げることだ。

元々アークウィザードなんて中位クラスだから、そんなに難しいことはない。

しかし、魔女にクラスチェンジする条件が偶然を装って解放させられるようなものではなかった。

魔女
ＭＰ＋２００　魔力＋80　精神＋50
純メイジを育てるなら悪くない選択肢となる。
女キャラを速成して戦力にするためのクラスという側面もある。
代償としてＨＰの伸びが悪いため、クラスチェンジ可能になったらアークウィザードなどの他クラスに変えないと、キャラクターロストの危険性が高まる。
魔女とは悪魔との性的な交わりにより、魔の力を宿した女性のこと。
蛇は悪魔の使いとされるので、神社にある蛇の石像（ＣＧ回収ポイント）と性的な交わりを得れば解放される。

「神社にある蛇の石像にまたがってみろ。俺にできるアドバイスはそれだけだ」

カッコつけて言ってみたが、いくら待っても花ヶ崎はこの場を立ち去る気配がない。

早くどっかに行ってほしくて危険を承知で話したというのに、なぜ動こうとしないのだ。

これはちょっと喋りすぎただろうかと後悔してきた頃になって、奴は口を開いた。

「もしかして馬鹿にしているのかしら。心配しなくても、ちゃんとお礼は考えているのよ」

「礼なんかいらない。騙されたと思って試してみろ」

まだ納得していない様子だったが、それでやっと花ヶ崎が消えてくれたので、俺は素早く忍び込んで祠の屋根に隠された日本刀を探す。

祠の屋根は思ったよりも簡単に開いて、ボロボロの油紙に包まれた日本刀が姿を現した。

気配に気付かれたのか、誰かがやってくる足音がしたので、俺は日本刀をひっつかんで、急いで祠の屋根を戻した。

その音を聞かれたのか足音が速まり、俺は急いで一番近くの生け垣を跳び越える。

着地と同時に地面を蹴って全力で駆けた。

そして曲がり角を不規則に曲がりながら走れるだけ走った。

追手がかかっていないことを確認しながら、俺は徐々に速度を落とした。

手にはしっかりと一振りの日本刀が握られている。

これは虎徹（こてつ）という、本来ならノワールに入団してから手に入れるのが正規ルートの武器である。

ゲームと同じく、知ってさえいれば入手は可能な、二周目以降用の武器だった。

こんなことで、なんだかやたらと疲れた気がする。

やはり見張りに立っていたのは気配察知系のスキルを持ったローグだったな。

下手をすれば本当に捕まっていた可能性がある。

一気に疲れを感じて、これ以上は街の探索をする気にもなれない。

休憩がてらに花ヶ崎の様子でも見に行ってみるかと、俺は神社のある方へと向かった。

街はずれの鬱蒼（うっそう）とした森の中に、神社へと続く階段が延びており、それを上っていくと思ったより大きな蛇にまたがった花ヶ崎を見つけた。

日本昔話のアニメで見た、でんでん太鼓を持ったアレのようだ。

「騙したのね」

そう言って、花ヶ崎は俺に向けて殺気を放っている。

さてどうしたものかと俺は首をひねった。

どうやって登ったのか知らないが、けっこう高い位置に花ヶ崎はまたがっている。

「人を疑うばかりじゃなく、もうちょっと工夫してみたらどうなんだ」

とりあえず俺は花ヶ崎の足を引っ張ってみた。

「きゃあっ。ちょ、ちょっと、よしなさいよ！」

ふむ、これはちょっとやそっとじゃ条件を満たせないような気がする。

花ヶ崎は天真爛漫（てんしんらんまん）な雰囲気だから、どうも性的なものとはほど遠い感じがしてしまう。

このまま放っておくにも、罰当たりすぎて神主にでも見つかればすぐに引きずり降ろされてしまうだろう。

「おい、暴れるなよ」

花ヶ崎が暴れて蹴ってくるので、足を引っ張って刺激を与える作戦はやめた。

顔を蹴られてまで、こんな奴の手助けをするのは御免だ。

「無茶を言わないで。危ないじゃないの」

勘違いされて警察を呼ばれても困るし、これ以上俺にできることはないように思えた。

ふと閃(ひらめ)いて、さっき手に入れた刀の鞘(さや)で腰のあたりを押してみようと考えた。

「ひゃっ」

鞘が触れたとたんに、花ヶ崎はビクンと震えながら短い悲鳴を上げる。

ふり向いた花ヶ崎の足が開いて、見えてはいけない白いものが少し見えた。

俺は急いで視線を逸らした。

「まっ……」

「わ、悪い。ちょっとだけ見えた」

動体視力が上がっているせいで、思ったよりも鮮明な映像が頭の中に残っている。

「もういい」

花ヶ崎は下に飛び降りると、急に真顔になって、もう帰ると言い出した。

ガードの堅い花ヶ崎がこうなるとは、CG回収ポイントとやらには恐れ入る。

きっとなんらかの魔力が働いているのだろう。

「一回であきらめるなよ。魔女のクラスが解放されたら、それをクラスレベル10まで上げるんだ。そうすればアークウィザードは解放される」

そう言った俺を、花ヶ崎がじっとりとした目で睨んでくる。

無言で俺を睨みつけながら距離を詰めてくるので、俺は思わず後ずさった。

氷の女王と呼ばれるだけあって、無表情になった時の迫力はかなりのものがある。

俺が圧力に負けて視線を逸らすと、花ヶ崎は何も言わずに行ってしまった。

さて、このあと俺はどうすべきだろうか。

召喚魔法の契約は急務だが、どちらにしろお金が足りないから下見だけして寮に帰ることになる。

金策をしたいが、このゲームには金策クエストのようなものがない。

当然、この世界では金がものを言うから、覇紋にしても装備にしても、ゲーム序盤は金さえあれば大抵のものが揃ってしまう。

だから金策にはそれなりの制限がかけられている。

虎徹のような隠された武器を売るという方法もあるが、それをやってしまうと、あとあとになって敵対勢力の装備が強化されてしまうことがあると攻略本にあった。

なので俺が安易に強い武器を売れば、一条の攻略が詰まってしまう恐れがある。

かなり高度な市場経済が実装されているそうなので、同じアイテムばかりを売りに出すのも価格を下落させてしまう。

それでも魔石だけは買取価格が安定しているので、それを利用するのが一般的だった。

拾ったマナポーションを売るのもいい金策になるが、俺はレベル上げを優先して全部使ってしまっている。
とりあえず売れるものを売ってしまおう。
アイテムなども一度整理して、必要なさそうなものは全部売ってしまうことにする。

第七話　キーパーボス

嫌だと思いつつも、翌日も真面目に登校する。

授業がめんどくさいのだが、ダンジョンに関する授業は思いのほかためになる。

攻略本の記述にずれが見えてきたこともあるし、そろそろ主人公がどのくらいまでストーリーを動かしたのか、探りを入れてみた方がいい時期かもしれない。

Cクラスを倒したことで、ストーリーが進むフラグはすでに立っている。

ダンジョンダイブ明けの教室は、クラスメイトが探索の話題で盛り上がっていた。

楽しそうではあるが、すでに花ヶ崎に感づかれつつあるので距離感は必要だ。

そんなことをうすぼんやり考えながら窓の外を見ていたら、華やかな声が聞こえてきた。

「貴志、うまくいったわよ。ちゃんと増えていたの！」

初めて見たというくらいの笑顔を振りまきながら、自分の席に鞄（かばん）だけ置いた花ヶ崎がこちらに向かってくる。

笑顔なだけあって、顔だけはため息が出るほど綺麗だ。

「そうか。よかったな」

いきなり教室の中で下の名前など呼ぶなと言いたかったが、持ち前の忍耐力を発揮してそつのない返事を返した。

「例のあれ、本当に効果があったのよ」

あろうことか、急に耳打ちをするように顔を近づけてきて、ささやくようにそんなことを言う。

息がかかって、俺はどぎまぎしながら視線をさ迷わせた。

「わかったから、二度と教室内で俺に話しかけるな」

クラス内のヘイトを俺に向けたくて、わざとやっているのではないのかというような暴挙だ。

最近になって、男女問わず俺に対する風当たりが強くなっているというのに、何をしてくれるのだという話である。

周りのことなど視界に入っていないのか、花ヶ崎にはそれを気にする様子がない。

さらに顔を近づけてきて、耳打ちするように言った。

「なんとお礼を言ったらいいのかしら。この恩は必ず返すから」

あまりの無神経さに、俺の方も頭に血が上った。

「黙れ。さっさと自分の席に戻らないと、こっちにも考えがあるぞ」

ご機嫌な花ヶ崎はそれで自分の席に帰っていったが、残された俺は針のムシロだ。

いつもなら自分の召喚獣を自慢しているような女子ですらも、今日はそれをやらない。

いつもスキルや魔法を見せびらかすように発動させている奴らでさえ、何やらヒソヒソと声を潜めて話している。

取り入りやがったというのが大方の評価らしい。

別に俺は貴族の子飼いになどなりたくはない。

軍よりも待遇はいいらしいが、普通はそれだけ危険のある仕事をさせられる。

何せ、どこのギルドも二十九層の攻略を目標に掲げているからな。

ダンジョンは九層十九層二十九層などにボスがいて、現在は二十九層のボスを倒すために十八層での熾烈な縄張り争いが繰り広げられている。

二十階層台前半は、敵がデバフに特化しているので避けられているのがその理由らしい。

そのせいで二十九層のボス攻略が行き詰まっている。

ボスを倒すと次の十階層が解放されるため、ボスの攻略は重要な意味を持っている。

日本以外で三十層以下の階層しか攻略できていない国は少なく、このままダンジョン開発で後れを取れない日本政府は、二十九層のキーパー討伐に莫大な賞金を懸けている。

討伐したギルド員に貴族の爵位と、永久的な免税を約束していた。

基本的に外国籍のダンジョン入坑は許可されていないから、海外から有力な探索者を連れてくることもできない。

現在の日本で二十層台を攻略できているのは、トップギルドの連中だけである。

そいつらでさえ、経験値効率のいい三人パーティーでは狩りすらできていない。

そういった事情もあって、効率のいい階層での争いが火種になり、ギルド同士の大きな抗争に発展するのだ。

しかしそれは攻略組トップ層の話であって、小競り合いが激しいのはどこも一緒である。

八階層までは学園の生徒が激しく争い、十~十五層までは正式なギルドと認められたばかりの下部組織が争っている。

東京だけでなく、関西にある坂東学園ダンジョン、九州にある熊本ダンジョン辺りも、東京を追い抜こうと必死に攻略中だが、その内情は同じようなものだ。

「今日の授業では二十九層攻略の実際の映像を見せる。ＴＶでよく流れる十九層ではないことに注意してほしい。一般に知られているのは十九層の動画だが、失敗についても知っておいた方がいいからな」

そう言って新村教諭が見せてくれたのは、十年ほど前の映像だろうか。

前衛らしき八人は全員が蒼いリングを装備し、大きな盾を持っている。

武器はダンジョン産の槍で、アンデッド特攻のあるエンチャント武器だ。

後衛は撮影者を含めて、二十人以上の回復魔法に特化したヒーラーが集められていた。

二十九層のボスはヴァンパイアで、聖魔法の特攻が効く。

画面からでも伝わってくる息を呑むような緊張感に、教室内は静まり返っていた。

いくらなんでも狭いボス部屋に人数を詰め込みすぎていて、これでは身動きが取れない。

答えを知っている俺としては、すでに嫌な予感がしていた。

すぐに幽鬼の馬にまたがり、巨大な大剣を持ったヴァンパイアが現れる。

前衛八人は恐れもなく踏み込んでいき、横薙ぎのスキルによる攻撃を盾で受ける。

さすがにボス戦でパリィを狙うような冒険はしていない。

前衛ががっちり取り囲んだら、後衛が魔法を放って攻撃する。

後衛の火力が強力すぎて、飛び交う魔法の数が尋常ではない。

エフェクトで何も見えなくなるほどの魔法を浴びせていたら、ボスのＨＰが半分を切って、眷属召喚が始まった。

呼び出されたのは十体ほどのスケルトンロードで、そいつらが一斉に後衛職が陣取る中へと放たれた。

隙間がないために、変なところで強制ポップしてしまったのだろう。

スケルトンロードは魔法に耐性が高く、素早く、そして最初に攻撃をした一人に一団としてヘイトを向ける。

正解は、物理に耐性の高い召喚を囮（おとり）にするか、敏捷で勝る奴に引き回させるかだ。

しかし、少ない試行回数ではそれもわからないのだろう。

自由に位置取りを変えるスペースすらないのに、引き回すような芸当は不可能だった。

前衛の誰もがヘイトを取れずにいたら、回復魔法を使った後衛にヘイトが向かう。

崩され始めたら早かった。

後衛は一人ずつ落とされ、後衛を助けに向かおうとヴァンパイアに背中を向けた前衛は横薙ぎの強烈な攻撃を貰ってしまう。

ヒーラーはヘイトを恐れて回復魔法が使えない。

狭いボス部屋に人数を入れすぎたせいで、逃げる場所もなく数を減らされ始めた。

生き残ったのはわずか数人で、二十人以上をボス部屋に残しての撤退である。

よく見れば参加したメンバーには、全員の装備に六文銭の家紋が入っていた。

あの三途（さんず）の川の渡し賃である六文銭は、真田家の家紋のはずだ。

であれば現在でもトップの攻略ギルドである、真田家が抱えるギルド六文銭の攻略であったらしい。

「新層の攻略は探索の花形ではあるが、それには事前の準備にすべてをかけなければならない。みんなの中にも新層に挑む者がいるかもしれないが、その時に思い残しがあるようでは足を引っ張ることになる」

教室内は重苦しい空気に包まれるが、探索者をやる以上は、ミス一つで死ぬのも当たり前だと言い聞かされている。

だからこそ、そんな状況でボスに挑むなんて、正気の沙汰とは思えなかった。

あんな初見殺しでしかないギミックを持つボスに、なんの前情報もなく挑むなんて、まともな神経ではまず無理だ。

いくら死と隣り合わせの探索者だとは言っても、あそこまで無謀なことは普通考えない。

ほとんどは十階層以下でレベルを上げて、軍にでも就職するのをよしとする生徒が多いのではないかと思う。

新村教諭が動画の戦い方を解説してくれるが、俺にはどうもステータスが足りていないように思えた。

そもそも二十九層のボスに挑戦するのに、トップギルドが十八層くらいでレベル上げをしているというのがおかしい。

いくら二十層台ではステータス異常が大変だとしても、経験値の効率が違いすぎる。

それでは何年と時間をかけても、必要なレベルにはけっして達しないだろう。

やはりスキルすら万全に使うことができず、中位クラスの情報すら手に入らないのが攻略停滞の原因のようだった。

第八話　召喚魔法

授業が終わると、昼休みになったので食堂に向かう。

アジフライ定食ときつねうどんを注文して席に着いたら、花ヶ崎が取り巻きを連れて隣の席にやってきた。

何をされるのだろうと戦々恐々としていたら、いきなり手を伸ばしてきたので身構える。

「ごみが付いているわよ。そんなに怖がることないでしょう。昨日は、あなたにどうやって復讐(ふくしゅう)するか考えて眠れなかったのだけれど、うまくいっていたことに気が付いてからは考えてないわ」

そこで俺の耳に顔を寄せて言った。

「ちゃんとクラスが増えていたのよ」

「よかったな」

「あれは、いったいどういう仕組みなのかしら」

花ヶ崎は顎に指を当てて思案するような顔をしてみせた。

悪魔と性的な交わりを持ったなんて教えたら、こいつが信心深いタイプだった場合、恐ろしいことになりそうな予感がする。

「説明はできない」

花ヶ崎はそうなのと言って、カニクリームコロッケ定食を食べ始めた。

金満な学園だから学食のメニューも美味しいが、貴族が食べているのは見たことがない。

きっと花ヶ崎も今日が初めてだろう。

「それで花様はレベル10になられたんでしょう。さすがですわね」

取り巻きの一人がヨイショするように、そんなことを言った。

彼女たちはさっきから、俺にドブネズミを見るような視線を向けている。

暗に近寄るなと言いたいのだろうが、別に俺の方から近寄ったわけではない。

「そうなの。ダンジョンダイブの授業で調子が良かったのよね」

「四層の奥にも挑戦されたのですってね。あの一条たちですら、まだ四層には手をこまねいているというのに勇敢ですわ」

「勇敢なもんか。そいつは後ろで遊んでただけだ。ほとんどは俺が倒した」

よせばいいのに、いつも花ヶ崎と話すような調子で、ついつい余計なことを言ってしまった。

空気がこれ以上ないくらいキンキンに冷え込んだのを感じる。

「それは冗談のつもりかしら。キモイわ。話に割り込まないで頂戴」

眼つきの悪い金髪カールが、びっくりするほど冷酷な目で俺のことを睨みつけた。

よくそれほど嫌な顔を人様に向けられるものだと思う。

金髪カールは表情を取り繕うと続けて言った。

「いくら憐れだとしても、こんな雑魚の面倒を花様が見てやる必要はないのではないですか。こんなの、言葉を発するだけでも人を不快にさせるゴミでしかありませんわ」

「意外と本当のことを言っているのかもしれないわよ」

花ヶ崎のその言葉を冗談だとでも思ったのか、取り巻きたちが笑う。

　本気で笑っていたわけではないのか、急に笑うのをやめて真顔になった金髪カールが言った。

「そろそろ自分の才能のなさを悟って、学園をお辞めになったらどうなの。お前のような才能なき者がいるせいで、花様は苦労されているのよ」

「馬鹿馬鹿しくて、お前とは話をする気も起きない」

　下だと思っていた奴に舐めた口をきかれて気分を害したのか、金髪カールはテラスに行きましょうと、周りの取り巻きたちを誘って行ってしまった。

　たぶん喫茶店のテラス席のことだろうと思われる。

　あの辺りは上流階級の女子たちがよく集まっているのを見ている。

「それでね、お礼がしたいのだけど、何か望みはあるかしら」

　と一人だけ残った花ヶ崎が言った。

　花ヶ崎はアイテムボックスから天使の杖というアイテムを取り出して俺に見せる。

　なんだか高そうな杖だから、これもまたＡレアかＢレアくらいのものなのだろうが、俺もＡレアの虎徹を手に入れたので羨（うらや）ましいとは思わない。

　二十八層程度の攻略階層では、ユニークやＳＳＳはおろか、ＳやＡクラスのレアさえほとんど出ていないだろう。

　もちろん、ドロップアイテムにどんなエンチャントが付いているかは運なので、それに匹敵するようなものがないとも言い切れないのが怖いところだ。

　ハクスラ要素もこのゲームの売りなので、出たアイテムはオンラインで売り買いもできたそうである。

「私には見込みがあると言って、お父様が買ってくださったの。今日の朝、届けられたのよ。だから遠慮はいらないわ」

変な形の杖に頬ずりしながら花ヶ崎が言った。

こんなに機嫌を良くしている彼女は見たことがない。

だけど俺がしたことなんて、単なる気まぐれによるアドバイスだ。

「よかったな。だけど礼なんかいらない」

俺がそう言ったら、花ヶ崎は急に真面目くさった顔になった。

「そうはいかないわ。貴族というのはメンツを大切にする文化があるのよ。お礼をしないなんてわけにはいかないわ」

「ふん、じゃあ幽鬼族の召喚契約書が欲しいね。幽鬼のコインでもいい」

「とんでもないものを要求するわね。たしか、デーモンの契約書なら実家の蔵にあったかもしれないけれど、それじゃ嫌なんでしょう。でもコインくらいなら、私のお小遣いでも買ってあげられるかしら」

コインは七層でも落ちるのだが、あいにく誰も行かない階層なので街でも売りに出されていなかった。

現在七十七枚まで集まっているので、あと二十三枚必要なのだ。

本当にそんなものを手に入れられるのだろうかと思っていたら、花ヶ崎は思いもかけない方法で、それを手に入れるようだった。

端末を取り出してポチポチやってから、花ヶ崎は言った。

「一枚百円程度なのね。このくらいならいいわ。いくつ必要なのかしら」

どうやらインターネットのオークションサイトを利用して手に入れるらしい。

ダンジョン産のオークションなんて身分証明が必要だし、学生の身分では手に入らない。

もし出品したいものがあったら、購買部に頼んで出品してもらうのが普通だった。

「二十三枚欲しい」

「……まあ、いいでしょう。そのくらいはお世話になっているものね。でも、よりによって幽鬼とはね」

なんという棚ぼただろうか。

残りをどうやって集めるか、ずっと思案していたのだ。

これ以上は、ビルドの都合もあってビショップのままではいられなかった。

ビショップのままレベルが上がってしまえば、攻略チャートに狂いが生じてしまう。

ソロ攻略ということもあって、経験値の効率が良すぎた結果、ドロップアイテムの必要枚数が集められていなかったのだ。

「本当に助かるよ」

「いいわ。でも、こんなもの何にするのよ」

「秘密だ」

幽鬼族の召喚契約書は軽く五万円はするから、百円でコインを買えるなら無限にお金が稼げてしまうことになる。

契約書自体はボスしか落とさないが、コイン百枚と交換する方法もあるのだ。

俺は急いでオークションサイトを開いた。

しかし、売りに出されていたものは花ヶ崎が次々と落札してしまっていて、残されたものは数枚しかない。

花ヶ崎が落札しているのも、かなり古くから売れ残っていたようなものばかりで、出品の日付はかなり古い。

オークションの期間が過ぎて、最低落札価格のまま残っていたようなものばかりだ。

この感じだと他のコインに関しては出回ってる数が多すぎて、売りにすら出ていないと思われる。

このコインは隠し祭壇に捧げれば契約書に変わる。

心配事もなくなったので、早いとこ次のレベル上げを開始しよう。

■■■

授業が終わったら煙玉を大量に買い込んで、十二層を目指すことにした。

十二層に入ったら、階段ではなく、ひたすら攻略法が使えるマイナーポイントを目指した。

今日は、別名カエル落としというレベル上げの方法を試してみる。

十二階層は渓谷のように切り立った地形になっているので、それを利用して崖の向こう側にいる敵を魔法で釣って、崖っぷちに煙玉を焚いておくとそのまま落ちていくというものだ。

雷撃の覇紋は成長して、範囲魔法のボルトスパークまで使えるようになっている。

こいつを崖っぷちの煙めがけて放つだけだ。

カエル落としができるポイントはいくつかあるが、攻略本に③と記された、ボスの出る場所が一級ポイントである。

周りに人がいないような奥地だし、ここなら邪魔が入ることもないはずだった。

案の定、到着しても周りにはひとっ子一人いない。

モンスターは人間を見つけると、興奮して何も考えずに向かってくる。

だから地形に引っかからないようにうまく誘導してやる必要があった。

カエルというのは見た目が似ているというだけで、モーランという正式名称がある。

始めてみると意外と退屈な作業で、すぐに俺は寝転がりながらやるようになった。

さすが攻略本が推奨するポイントだけあって、俺の方には敵がやってくる気配すらない。

そのくせ崖の向こうの広場には、敵がかなりの数で湧き続けてくれる。

そいつらはポップして十秒もしないうちに谷底へと吸い込まれていった。

一回だけキングモーランの放つ雷撃系最高魔法であるボルテガをまともに食らって、危うく死にかけるということもあった。

痺れて動けないうちに連続して魔法が飛んできていたら、間違いなくあの世行きだった。

だから、それからは地形の突起に隠れてやることにしている。

煙玉が残っているうちに切り上げて、谷底に降りてアイテムを回収した。

再生のリング（D）

ＨＰリジェネ　ＨＰ＋５００　ダメージ軽減＋９
ＨＰ回復を強化してくれるリング。
割合回復のリジェネはＨＰが伸びたあとで真の効果を発揮する。
ＨＰ特化型にすれば、毎分二百回復も夢ではない。
カエル落としで簡単に量産できるため、ぜひとも入手しておきたい。

悪くはないが古代のリングから替えるほどではない。

命がかかっている以上は、耐久力を強化してくれる装備が何よりも優先される。

ＨＰが増えるのは悪くないが、それだけヒールの負担が増えることになるので、ダメージを軽減する方が優先だ。

攻略本の評価は高いので、一応、今回出たものだけは売らずにとっておくことにする。

外に出たら、さすがに十二層で出たものをそのまま購買部に売るのもためらわれて、街に出てアイテムを売ろうかとも考えた。

外で売れば税金がかかるが、購買部に売ると研究所に情報を抜かれているのが確実となるので売りたくない。

しかし、ステータス情報はすでに抜かれているのだから、今さらという感じもする。

まあいい、いちいち街までなんて下りていられるかと、俺は購買部に乗り込むことにした。

業者が扱うような量の魔石を売りに出したが、金額自体はさほどでもなかった。

アイテムを売ったら、遅めの夕食を食べて寮の部屋に戻る。

寮の窓から見える、学園の外にあるダンジョンの入り口まわりには、やたらと高級車が並んでいた。

ダンジョン内で何かイベントでもあるのだろうか。

そういえば、一条にストーリーの進行具合を確認しなければならないのだったと考えていたら、いつの間にか眠りに落ちていた。

■■■

花ヶ崎に貰ったものと合わせて百枚のコインを、七層の隠された祭壇のすり鉢状の入れ物に入れる。

黒い靄(もや)が現れて、しばらく待っているとコインは契約書に変わった。

契約書に俺の名前を書き入れると、契約書は燃えてなくなった。

さっそく召喚してみると、一体のスケルトンが現れ、まっすぐに暗闇の中へ消えていった。

元々素早いモンスターだから、現れてから消えるまでのスピードも半端ではない。

幽鬼族は攻撃性が高すぎて従順度もないようなものだから、ひたすら敵を探してどこかに行ってしまう。

素のままでは敵をかく乱させるくらいで、敵の攻撃を引き付けるなんて芸当は、どんなに高位の幽鬼であってもできない。

そこで、さっき召喚したスケルトンとの繋がりを失った感覚がした。

きっと何かに挑みかかって倒されてしまったのだろう。

俺は四層に向かった。

魔力が230以上280以下において幽鬼族を召喚すると、256分の1の確率でゴーストが召喚される。

このゴーストは、知っての通り物理攻撃を受け付けないので、この四層においては無敵の召喚となる。

要はMPが続く限り、勝手に経験値を稼ぎ続けてくれるというわけだ。

少ない経験値とはいえ、二十四時間ひたすら稼ぎ続けてくれるのだから積もり積もればそれなりになる。

召喚したゴーストは広すぎる四層のどこかをさ迷い続け、二度と人目に触れることはない。

そこら辺の人間を襲うこともないので安心である。

もちろん人間に見つかれば倒されてしまう可能性もあるので、人けのないところまで行って召喚する必要があった。

召喚しているだけでMPを消費するから、最初は五体くらいを召喚しておこうと思う。

攻略本では、最初は二体が推奨されているが、物は試しである。

出てきたスケルトンは自分で倒し、ゴーストはどこへでも好きに行かせるというわけだ。

この作業は召喚自体に一番MPを消費するので、マナポーションを使うハメになった。

作業が終わったら十二階層に行って昨日の続きをやるのだが、五体くらいでもMP消費が大きすぎて、このレベル上げと同時並行ではマナポーションが必要になる。

カエル落としを終えて帰ってきても、三時間に一回はマナポーションが必要で、やはり五体は多すぎたようだ。

モーランがマナポーションを落としているので、マナポーション自体の在庫はある。

このまま封魔の覇紋が育ってくれればいいが、夜中に起きてマナポーションを飲むのはつらかった。

けっきょく最後は寝てしまって、昨日苦労して召喚した五体も朝には消えていた。

早朝にダンジョンに入って、急いで二体を召喚してくる。

おかげでこの日は遅刻した。

■■■

剣術の授業の相手は、相も変わらず斎藤である。

こいつもずいぶんと弱くなったなあと、感慨深い思いで手を抜きながら戦っていた。

剣闘士でレベルを上げ始めたら、もはや相手にもならないほど弱く感じられる。

近接戦闘向けのステータスが伸び始めたおかげだろう。

斎藤が音をあげて、俺は訓練場の脇にある木陰に入って休むことになった。

実戦経験の足りない俺としては、この休憩の時間すら惜しく感じられる。

この授業は、対人訓練ができる唯一のチャンスなのだ。

斎藤は火炎の覇紋を入れていて、容赦なく使ってくるから練習相手としては悪くない。

本来なら剣術の授業で魔法は禁止らしいが、相手に負けるくらいならどんなことでもやるというのが、この学園における正義である。

訓練を続けてくれるのなら再生のリングをあげてもいいくらいだが、そんなことをしたら目立ってしまうのでそれもできない。

火炎の魔法では俺に通用しないと見て、いったいどこで入れたのか破魔の覇紋まで彫ったらしく、斎藤はスペルシールドまで使うようになっていた。

レアな覇紋だと思って、俺は今まで誰にも見せていなかったのにだ。

そんな簡単に使っていいのならと、俺も使うようになったのだが、俺のはバフとデバフを解除するディスペルの魔法に特化した覇紋だから、スペルシールドはすぐに消えてしまって使いにくかった。

それでも自分で魔法を解除する必要もなく次の行動に移れるのは利点だと言える。

「真似すんじゃねーよ」

「真似じゃない。最初から持ってた」

こんなやり取りがあったのは言うまでもない。

早く続きを始めたいと思いながら周りを眺めていたら、今日は見慣れぬメンバーがいることに気が付いた。

綺麗な青く光る黒髪の、和風な女の子がAクラスの奴に回復魔法を使っている。

Aクラスの近藤(こんどう)と芹沢(せりざわ)がやり合っていて、その芹沢の方に回復魔法を使っていた。

いつもと違い、近藤はサメ肌のようなザラついた刀身の日本刀を使用している。

芹沢の方は金属の装備まで着ているのに、切り裂かれて血を流していた。

「ふむ、やはり練習で使うようなものではないか。もう少し慣れておきたかったが、攻撃力が高すぎるようだ。ちょっと休憩にしよう」

近藤はしたり顔でそんなことを言う。

切られた芹沢の方は顔面蒼白となっていて、何かデバフでも入れられたのか、まるで血でも抜かれたような顔をしている。

どうやら新しい武器を試すために、回復用の生徒を連れてきたらしい。

もはや貴族とあっては、いくら教師でも口出しできないらしく、好き勝手に振る舞ってる。

和風少女は戦いが終わったことに胸をなでおろすと、周囲を見回し始めて俺と目が合った。

なんだ、と思っているうちに彼女は俺の方にやってくる。

そしたら、周りを確認してから、思い切ったような感じで口を開いた。

「あの、ぶしつけな質問で申し訳ありません」

と前置きしてから彼女は言った。

「どうしてあなたは斎藤さんとペアを組んでいるのでしょうか。その、けっして斎藤さんが弱いということではないのですが、あなたなら近藤さんか芹沢さんとペアを組むのが適切だと思うのです」

どこかで見た顔だなと考えていたが、不意に心当たりに思いあたった。

「あ〜、売店の売り子か」

「あっ、はい。申し遅れました。私は西園寺りんと申します」

西園寺は丁寧にお辞儀しながら言った。

俺は背中に冷や汗が流れるのを感じていた。

「売店で得た情報は洩らさないでほしいね」

「そ、そうですよね。出すぎたことを言って申し訳ありませんでした。でも、けっして悪気はないので、お許しください」

Aクラスの徽章をつけているわりに、物腰の穏やかな少女である。

「それに店に売ったものだけじゃ、強さまではわからないだろ」

「ええ、それはそうなんですけど、どこの階層にどのくらい籠っておられたのかはわかります。それに高杉さんは受け取ったお金を確認もせず、そのままお財布に仕舞われていました。それはつまり、ソロということではないでしょうか。ソロであの階層にあれほど籠っていられて、しかも討伐のスピードも考えると、だいたいの強さは想像できてしまいます」

いくらなんでも詳しすぎる。

なぜ魔石を見ただけで階層までわかってしまうのだ。

研究所の奴らにバレるのならまだしも、こんな一般の生徒に尻尾をつかまれるとは思わなかった。

俺はそれでもなんとか誤魔化そうと試みる。

「見栄を張るために、街で買ってきた魔石だとは考えられないか。もしくは溜め込んでから売っていたとか」

「その可能性もあるでしょうけど、目も合わせない私に見栄を張る意味はないように思います。私は父の強い勧めで、この桜華中学に入りました。将来は家業を継いで、ダンジョンアイテムの販売

店をやりたいと思っています。こう見えてアイテムには詳しいのですよ。人を見抜く目こそ養いないと、父にはよく言われてきました。確証はありませんが、その私から見ても、高杉さんには何かがあるように思えてなりません」

そりゃそうだ。

何せ俺には攻略本がある。

まさか俺が今まで倒した魔物を、買い取った魔石の大きさから、すべて把握しているとでもいうのだろうか。

そこまで知られているのなら、もはや何に感づかれていてもおかしくない。

知られてしまったからには始末したいところだが、あいにく俺にはそんな選択肢がない。

いったいどうやって誤魔化したものだろう。

「おい、西園寺。そろそろ始めるぞ」

「あ、はい。呼ばれてしまいましたので、もう行きますね」

俺の方も斎藤が復活したので、問題は棚上げして続きを始めることにする。

召喚の関係でＭＰはあまり使えないが、もはやそんな必要もないほどだ。

そんなふうに余裕をかましていたら、芹沢が復活しなかったのか近藤からお声がかかった。

「お前は回復魔法が使えたな。ちょうどいい。相手をしろ」

「そっちが真剣を使うなら、俺も使うぞ」

「好きにしろ」

虎徹（A）
ダメージの30％HP吸収　ダメージ炎属性化　追加ダメージ＋120
Aレアの確定入手武器の中では殴り合い最強の武器。
ノワール本部敷地内の祠に隠されている。
正規ルートでは手に入れた時点で微妙に使えなくなっている不遇な武器。
二周目専用か。

立ち会ってみると、近藤はかなりのスピードで斬撃を放ってきた。
簡単に左腕を斬りつけられる。
このスピードから見て、かなり純粋な物理攻撃職らしい。
俺が足元にボルトスパークを放つと、後ろに下がりながらポーションを使っていた。
訓練でそんなものまで使うのかと呆れるが、万が一にも負けは許されないのだろう。
「たしかに厄介な魔法だ。斎藤が苦戦するのもわかる。どうも威力が高すぎるな」
頭の中のステータス表示に、出血のアイコンが出ているのを確認した。
どうやら、ただの持続ダメージのようだ。
となればと、再生のリングを装備してみたら、出血のアイコンは消えてしまった。
レア武器とは言っても、高校生が手に入れられるのはそんなものか。

ボルトスパークで回復魔法を使ってくれるなら、その隙に攻撃していれば終わりだ。

余裕をかましているところ悪いが、俺は勝てると確信して手を抜くことにした。

そこからの俺は剣だけの戦いを挑むが、やはりまだ純近接職に剣だけで勝つのは難しかった。

どうしてもスキルを使われてしまうと、それを回避することができない。

そして俺には、射程の長いスキルが一つもないのだ。

しかも、こいつの刀には詠唱破棄まで付いているらしく、超近距離で粘着されていると無詠唱のヒールすら何度か妨害された。

詠唱妨害系は魔法耐性でも防ぐことができない。

だから敏捷性で回避するくらいしか対策がとれない厄介な付加効果なのだが、どうしてもスキルの攻撃だけは回避できなかった。

「なんて威力の攻撃だ。どうやって手に入れたのか知らないが、お前の刀も相当な業物だな。見たところ属性エンチャントあたりか。よっぽどいいスポンサーでも付けたらしい。だがMPの管理ができていないな。それに剣士としてのステータスも足りてない」

最後に近藤はそう言った。

まさか俺が手を抜いているとは思うまい。

俺が魔法を使わなかったのを、MP切れを恐れてのものだと思ったらしい。

ところが俺は召喚を維持しながらでも魔法を使うのは難しくはなかった。

とはいえ、こんな戦い方もあるのなら、早いところラピッドキャストが欲しくなる。

せっかく回復魔法を使える優位が、武器一つでひっくり返されかねない。

なかなか参考にはなった。
防戦一方だったとはいえ、Ａクラスはもう敵ではないようだ。

第九話　試練

「惜しかったですね」

と西園寺が言った。

「まあな」

と返して、俺は水飲み場に向かう。

水を飲んだら、更衣室で着替えて教室に向かった。

あと一コマ授業を受けたら昼休みである。

楽しみだなあと考えながら廊下を歩いていたら、急に花ヶ崎が現れて空き教室に引っ張り込まれた。

「あの女は誰なのかしら」

背中を壁に押し付けられて、花ヶ崎から射殺さんばかりの視線を向けられる。

息がかかるような距離だが、そんなのはお構いなしだ。

「いきなりなんなんだよ」

まるで学園もののラブコメみたいな場面だなと思った。

それにしても、花ヶ崎は人に詰め寄る時の迫力が半端ではない。

「ずいぶん親しそうにしていたようだけれど」

ドスの効いた声でそんなことを言われる。

「親しくなんかない。さっき初めて話したばかりだ。なんだ、俺にヤキモチでも焼いてるのか。だったら、そんなに殺気を込めずに、もっと可愛げのある感じで言ってくれ」

俺の言葉に、花ヶ崎は顔を真っ赤にしてあたふたと取り乱した。

まるで図星を突かれたみたいに。

「なななななんでそうなるのよ。何を言い出すのかしら。そんなはずないわ。殺すわよ」

花ヶ崎は急に俺から離れると、耳にかかった髪を何度もかき上げたり、前髪を直したり、早送りみたいな動きをしながら視線をさ迷わせている。

マジでそんな感じがするなと思えるが、殺されてもかなわないのでそれは言わない。

よほど不意を突かれたのか、花ヶ崎はその目に涙を浮かべていた。

「じゃあ、なんでそんなことを気にするんだ」

「将来の下僕候補が変な女に騙されそうになっていたら、声くらいかけてあげるものでしょう。それを勘違いして、思い上がりもはなはだしいわね」

目も合わせないで、花ヶ崎は早口にそんなことをまくしたてた。

「お前の手下にはならないって言っただろ。俺のことを好きだって言うなら付き合ってやらないこともないけどな」

俺の軽口に、花ヶ崎は声のトーンを落として言った。

「そう。そういう考えでいるなら、決闘を申し込むわ」

「嫌だよ。なんでそんなことをしなきゃならないんだ」

そう言ったら、花ヶ崎は貴族と庶民が付き合うなんてありえないのだということを、早口でまくし立てるように説明し始めた。

そんな話に興味がない俺にとっては、いささか迷惑である。

花ヶ崎が落ち着くのを待ってから、俺は教室に行こうと提案した。

「あなたには変な才能があるのだし、貴族を目指してみるのも悪くないのではないかしら」

「まあ悪くはないな。だけどお前と付き合うために、そんな苦労をするのは御免だね」

「こ、この下郎！　誰があなたとなど付き合うものですか。私はそんなつもりで言ったんじゃありません！」

俺の冗談に、花ヶ崎は人目も気にせず廊下でわめき始める。

視点も定まってないし、まるで今日は別人か何かのようだ。

悪いものでも憑いてなければいいなと、本気で心配になった。

「そうかよ。なんで今日はそんなにテンションが高いんだ。キャラがぶれてるぞ」

「あなたは身分というものが、何もわかっていないようね。身分が違う者同士は、決して結ばれることはないの。貴族が庶民と付き合うなんてことはありえないのよ。あなたが新興の下級貴族になったところで、それは変わらないわ」

「そうとも限らないだろ。駆け落ちしたりなんてよくある話だ」

「そ、そんな特異な例を出しても反論になりませんっ」

「あら、この馬鹿に身分というものをお教えになっているのですか」

教室に着いたところで鉢合わせたのは、金髪カールだった。

たいした家の出でもないくせに、差別意識だけはひと一倍の嫌な奴だ。

「ええ、とても苦労しているのよ」

「そんなの、言ってくだされば私たちがお教えしますのに。――おい、花様に気安く接するな。お前のような奴が話しかけていい相手ではない」

そんなことを言われながら、ゴキブリでも見るような目を向けられる。

身分制度のない国で育ったせいか、こいつの物言いは本気で頭にくるものがある。

頭に血の上った俺は、金髪カールに詰め寄った。

「口に気を付けろよ。俺がコイツを抜いたら、身分はお前を守ってくれないぞ」

虎徹の鯉口を切る俺の脅しに、金髪カールは青ざめた顔で後ずさる。

そこへ、おいおいまた揉め事かよとか言いながら、ロン毛が口を挟んできたので、そいつを突き飛ばして、俺は自分の席に戻った。

魔法職のロン毛は思ったよりもひょろっちくて、尻もちをついていた。

ダンジョンで得た力を、こんなふうに振り回すのは俺の主義に反するが、さすがに金髪カールの物言いには捨て置けないものがあった。

もちろんこんなことをしていれば、明日の朝になって奴の一族が家来を引き連れて討ち入りだと、寮の前に押しかけてこないとも限らない。

そのくらい未開な風習がいまだ残っている世界なのだ。

それでも何か言わずにいられなかった。

そんな俺を花ヶ崎が追いかけてくる。

「あなたには嫌な思いをさせてしまったわね。そんなつもりではなかったの。ごめんなさい」

花ヶ崎は俺に向かって頭を下げた。

まさに俺にとって厄介ごとの塊のような存在はコイツである。

しかし、花ヶ崎と絡むようになって、クラスメイトからの当たりが緩んだのも事実である。

最初は当たりが強くなったが、何度か組むうちに後ろ盾のようになっていた。

教室のすみでは、何やら金髪カールがわめき散らしている。

「もういい。気にするな」

そう言ったら、花ヶ崎はしょんぼりとしながら帰っていった。

■■■

そして放課後である。

そろそろ一条と話をしないといけないなと考えていたら、向こうの方からやってきた。

風間と神宮寺まで連れて、一緒に俺のところにやってくる。

「少しやりすぎじゃないかな。苦情が出てるよ」

と、一条が真面目くさった顔で言った。

「やりすぎというのは、金髪カールに言い返したことか、あのロン毛を突き飛ばしたことか」

「どちらもだね」

と、一条の代わりに風間が答えた。

「あの金髪は言いすぎだし。あのロン毛とはたまに突き飛ばしたり、突き飛ばされたりする仲なんだよ」

ロン毛には、前に一度、ダンジョンから出たところで突き飛ばされたことがある。

Ａクラスの奴と揉めて、八つ当たりされた時のことだ。

「俺が代わりに言ってやろう。花ヶ崎のおかげでレベルを上げたのに、あんまりイキがるのはやめておけ。見苦しいぞ。そろそろ彼女を開放してやったらどうだ。ひとり立ちすべき時だろう。彼女のような有用な人材に、お前のお守りなどをさせておくのは惜しい。寄生はどちらにとっても不幸な結果になる」

口を挟んできたのは、貴族組の狭間修司（はざましゅうじ）だった。

「面白い意見だな」

なるほど、外から見ているとそういう解釈になるのか。

「この前のダンジョンダイブでも、かなり無理をしてレベルを上げたんじゃないかって話になってね。普通は足手まといになる初心者を連れて、あんなにレベルは上げられないよ」

と風間が言った。

無理をしたのは俺なのだが、言ったところでこいつらは信じない。

あいつも浮かれて、レベル10になったと周りに自慢していたからな。

初心者というのは天都香のことか、それとも俺も入っているのかはわからない。

「俺から組んでほしいなんて言ったことはない。自分の意思で決めさせればいい」

「だそうだけど。どうする」

そう言って、急に風間が話を向けたのは、いつの間にか俺の後ろに立っていた花ヶ崎である。

「たしかに足手まといだったかもしれないわね。あなたに甘えていたのかも」

狭間や風間の言葉は、どうやら花ヶ崎の方に刺さったらしい。

花ヶ崎は今にも泣きそうな感じだし、慰めの言葉の一つでも言ってやりたかったが、不愛想なキャラではそれもできない。

「そうは言ってないけどな」

なんと続けたらいいものかと思案していたら、話は勝手に進められてしまった。

「じゃあ私と組めばいいじゃない。天都香さんが回復もできるならちょうどいいわ」

神宮寺と天都香が、花ヶ崎と組んでやるそうだ。

「お前はしばらく一人でやれ。そうすれば彼女の苦労がわかる」

俺の苦労も知らないで、狭間はそんなことを言った。

「そうさせてもらおうかな」

元々ソロでやっていたし、何か新しいことが起こったわけでもない。

落ち込んでいる花ヶ崎を慰めるようにして、神宮寺は彼女をどこかへと連れていった。

そろそろ主人公との対決イベントでも起こって、俺はこの学園を退学にでもなるのかと思っていたが、どうやらそうではないらしい。

話はそれで済んだようだったので、俺の境遇に変化は起きていない。

一条も周りに言われて、仕方なく話を付けに来たという感じである。

俺の身に何が起こるかは、シナリオでも重要なポイントではないのか、攻略本にも詳しいことが書かれていなかった。

話が一段落付いたのを見て、俺は言った。

「それで、一条。最近はどうなんだ」

いくらなんでも不自然すぎるが、俺の方も用事を済ませておかなければ落ち着かない。

「？　どうとは」

「ギルドからの誘いが来てるんじゃないのか。どこに入るか決めたのか」

まるで父親が息子に尋ねるような口ぶりだが、それ以外の言葉が見つからない。

「ああ、それなら保留にしているよ。名前だけ聞かされてもわからないからね」

「でも、剣道部の先輩から誘われてるところがいいんじゃないのかな。剣を使うなら武闘派ではないだろうし、あの人なら信用できるよ」

武闘派は槍を使うので、そういうところでも見分けることができる。

剣術の授業にいる近藤や芹沢も、あれで武闘派ではないというのが凄い。

剣道部と言えば、主将の一ノ瀬愛のあのギルドだろうか。

まだシナリオはそれほど進んでいないようである。

ギルド関係の話が動くときに、抗争とかの事態になるはずなのだ。

はたして、今のこの世界が、そんなフラグのようなものによって管理されているのかまではわからないが、攻略本にはそうあった。

何はともあれ、俺はもっとレベルを上げておくべきだろう。

その日の放課後は、アイテムボックスだけでなく、バックパックとポケットにも煙玉を詰め込んで十二層を目指した。

このカエル落としはいい。

今までに比べたら格段に楽だし、お金も貯まってくれる。

今はマナポーションも使っていないし、煙玉は一円二十銭と安いからやるだけ金になる。

何より、もうすぐ念願のスキルが手に入りそうなのだ。

食堂で早めの夕食を済ませて来ているので、今日は深夜までやろうと思っていた。

■■■

数日が過ぎて、また久しぶりにダンジョンダイブの授業である。

ダンジョンダイブは最低でも二人で組まなければならないので、俺はいつも二人でやっている伊藤と佐藤に交ぜてもらうことになった。

朝からダンジョンに入れるのだが、俺にとっては今回も暇な時間になりそうだ。

それでも一日だけだからマシな方だと言える。

「それで何層に行くんだ」

プラスチック製のプロテクターに身を包んだ二人を前にして俺は聞いた。

二人ともアイスホッケーで使うようなヘルメットを被り、顔以外は全身黒づくめだから、まるで特殊部隊か何かのように見える。

ポケットの数だけは尋常ではないから、ポーションを取り出すのだけは速そうだ。

「高杉殿は、あの玲華さまと組んでいるのだから、四層にも行けるのではありませんか」

この大げさなしゃべり方をする方が伊藤で、地味な方が佐藤だ。

「ぜひとも我々を、そこに連れていってください」

佐藤が意気込んで言った。

「わかった、四層だな。パーティーはどうする。向こうで組むか、こっちで組んで行くか」

「もちろん組んで行くに決まっています。それが鉄則というもの」

まあそうなのだが、一応のつもりで聞いておいた。

俺は四層にゴーストを十体も召喚しているから、経験値が入ってきてしまうのが問題だ。

まあ気付かないとは思うのでパーティーの申請を受け入れる。

こういう部分は凄くゲーム的なのに、モンスターと戦うのは凄くリアルだ。

高杉　貴志　Lv28　侍　Lv5
HP　1110／310（＋600＋200）　MP　224／224
筋力　265（＋200）
魔力　239（＋30）
敏捷　112（＋80）
耐久　275（＋150）
精神　88
装備スキル　聖魔法V　魔法I　剣技III　ツバメ返し

筋力が260を超えてくれたことで、侍を開放した。

そして最終ビルドの一角であるツバメ返しも手に入れることができた。

ツバメ返しは、一度に二回の攻撃が入り、しかも二回目の攻撃には二倍の倍率が乗る。

そして何より凄いのが、一度しか攻撃判定が起こらないのだ。

それは敵の耐久値によってダメージ軽減判定を受けるのも一度きりということである。

三倍の攻撃力を出しながら一度しか軽減されないとなると、実際に出るダメージは三倍どころではない。

この技を習得できる侍クラス自体が、日本のランキング上位数人にしか与えられない秘匿されたクラスだ。

そしてギルド六文銭も、この侍クラスの解放条件を独占している。

「やはり新しい階層は緊張しますな」

四層に入ったところで、伊藤がサーベルの柄を握りしめながら言った。

「それにしても玲華さまと懇意にできるのは羨ましいですよ。いったいどんな裏技を使ったんです。

それに、いつも美女二人と組んでいますよね」

「たまたまだよ。それより二人の戦い方は」

「拙者が戦士、そして佐藤殿は聖職者と魔法使いのハイブリッドとなります」

回復がいるのに前衛がタンクのみではちぐはぐすぎる。

アタッカーに相当するものが欠落していた。

「ずいぶん火力不足な組み合わせだな」

「左様、時間をかけて強くなる作戦というわけです」

伊藤は悪びれるでもなくそう言った。

たしかに安定はするだろうし、ヘイト管理の心配もないが、効率を犠牲にしすぎている。

戦いが長引けば、それだけＭＰの方も消費してしまうのだ。

「まだ三層ですらきついというのに、四層とはね。さすがに怖くなってきた」

「武士道とは死ぬことと見つけたり」

伊藤の方は、なかばやけっぱちのような雰囲気で、無理をしている自覚はあるようだった。

苦労しているからこそ、効率を求めて階層を下げたいということか。

「四層の方が、敵が魔法を使ってこないだけ楽なはずだ。俺が素早いコボルトを相手するから、そっちはオークロードの相手をしてくれ」

「承知した」

伊藤は投げやりな様子で言った。

コボルトのスピードに対処できるなら、実際に四層の方が簡単なのは間違いない。

最初の敵はオークロード一体だったので、俺の射程に入ったところでツバメ返しが入って敵は倒れた。

このスキルを手に入れてから、射程内に入った敵はほぼ一撃で倒せている。

たしかに他のスキルと比べて、ダメージが桁違いに大きい。

「今何か変な動きをしましたな」

「ええ。斬り下ろしだと思ったら、振り上げた軌跡が少し太くなったような」

ツバメ返しを発動すると、刀は元の位置にひっくり返った状態で戻ってくる。

低い位置から発動すれば、最初の軌跡は刀を振り上げただけにも見えなくはない。

少し不自然だが、似たようなスキルはあるので誤魔化せないこともなかった。

俺は何も言わずに次の敵を探して歩き始めた。

このパーティーには、女ばかりの時とも、一条たちのようなギラギラした感じとも違って、なんだか妙な居心地の良さを感じる。

このスキルには慣れておきたいが、この居心地の良さに慣れたら困る。

ひたすら剣術の踏み込みスキルを使って、コボルトを射程に収めたら即ツバメ返しだ。

盾持ちの戦士だけあって、伊藤はよくオークロードの攻撃に耐えている。

ヘイトも安定しているから、これで事故が起こるようなこともない。

「ふむ、どうやら拙者は誤解していたようです。高杉殿は玲華さまのお力によって強くなったと思っていましたが、どうやらそうではないご様子」

「たしかに。純粋に火力に特化しています。レベル上げの秘訣はそこですね。ずばり筋力と敏捷です。そこを玲華さまに認められたのですね」

クラスで俺がどんなふうに言われているかは知っている。

すでに二人は、それが事実ではないことを見切っていた。

「敏捷よりも、素早い敵には攻撃スキルを使うことだな。俺も最近になって気が付いた」

これは最近になってわかったことだが、敏捷の値でもって追いかけようとするよりは、素直にスキルを使ってしまった方が攻撃が当たりやすい。

剣術の授業でも、スキルを使われたら避けられないことなど、嫌というほど思い知らされていたというのに、今さらになってそんなことに気付いているのだから俺ものん気だ。

だからトニー師匠は敏捷の値に重点を置いていなかったのだ。

となれば、重要なのはスキルの攻撃力を上げてくれる、筋力の値ということになる。

「御見それしました」

「参考になります」

この二人はとっくにそんなことには気が付いていただろうに、大げさなことを言う。

もっとも今の俺では、瞬身の覇紋が育ったおかげか、以前には目にもとまらぬ速さでかわされていた敵の動きもよく見えるようになっている。

剣術Ⅲスキルの横薙ぎでも、射程が短いながらコボルトをらくらく倒せた。

刀剣の裏スキルのおかげで、最近では俺の動きもかなり洗練されてきた。

それに敏捷が伸びたおかげか、二人を置いていくようなスピードで探索ができる。

それを十七時までやったら解散となった。

今日は九層のキーパーを攻略する予定なので、二人に別れを告げたら、すぐに下を目指した。

基本的に誰かが一度倒してしまえば、次からは通り抜けできてしまうのだが、ボスは九層のどこかに湧き続ける。

だから今日は十階層テレポートリングのために、ボスの討伐に挑むのだ。

十階層テレポートリングは取引できないアイテムで、十層までならどの階層にも瞬時に移動できるアイテムである。

エンチャント武器とツバメ返し、そしてエクスヒールがあれば倒せるはずだった。

十分に安全マージンも取っているし、攻略法も頭に叩き込んである。

九層に入ると、いつも通り誰もいない。

がらんとした洞窟が枝分かれして、それがどこまでも続いていた。

強化の丸薬、鬼人の妙薬、えまの団子。

今まで拾い集めたアイテムの中から、ボスの攻略に使えそうなものを選んでいる。

それらを一気に口へ放り込むと、マナポーションで流し込んだ。

そして背中の覇紋にマナを通して、強靭と瞬身を発動させる。

体にみなぎってくるパワーが体からあふれ出しそうな感じだ。

それだけ終えたら、俺は九層を歩き始めた。

一歩一歩踏みしめるようにして、どこからボスが現れても対処できるよう警戒を怠らない。

なぜか後悔のような感情が押し寄せてきて、俺は何をしているんだという気持ちになる。

命をかけてまでゲームをするなんて、とてもいい考えには思えない。

ひどい初期ステータスだった俺が、主人公を阻むために設定されたキーパーボスに挑もうとしているのだ。

主人公にしか勝てないようにでも設定されていたら、もはやそれまでである。

周りの奴らはＨＰが減ることさえも嫌がって安全策をとっているというのに、俺は倒さなくともいいボスにまで挑もうとしている。

俺は何かつまらないことにこだわって意地になっていたのではないかという疑念が、心の中でどす黒く渦巻きながら膨らみ始めた。

しかし、ここまで来てしまったら、もう引き返すことなどできない。

探すまでもなく、少し進んだ最初の広場にゲイザーという宙に浮いた一つ目のモンスターを発見する。

いきなり毒霧を放ってくるが、えまの団子の効果によって無効化される。

そして同時に放ってきたビームに、HPの六割ほどを持っていかれた。

この初手の回避不能ビームは、四分の一まで軽減してなおこの威力である。

このビームが即死攻撃のように宣伝されているから、この階層には誰も近寄らないのだ。

エクスヒールを唱えて斬りかかると、すぐに一帯が氷に包まれ持続ダメージが入る。

それにも構わず、俺は攻撃を入れ続けた。

あとはHPが半分を切るたびに、ハイヒールを唱えるだけだ。

ツバメ返しをクールタイムがあけるたびに放つが、傷一ついているようには見えない。

しかし虎徹の魔法ダメージは入っているはずである。

ひたすら攻撃と回復を繰り返すが、だんだんと、このままじゃMPが尽きるんじゃないかと不安になってきた。

本当ならスケルトンを召喚する予定だったが、MP切れが怖くなって使わないでいる。

バフを入れているせいで、MPはヒールを使わなくても持続的に減り続けていた。

瞬身はいらなかったのではないかと、また後悔のようなものに襲われた。

それに検証すらしていない薬まで使ったから、いつ効果が切れて副作用に襲われるかわかったものではない。

普通のモンスターなら、もうとっくに倒れてもいい頃合いである。

まだかまだかと焦(じ)れていたら、ゲイザーは周囲にかまいたちを放ち始めて、ようやっと最終段階に入ってくれた。

あとは、武器を持ち換えたら目を合わせないように攻撃を入れ続けるだけだ。

ここまでは虚像のようなもので、魔法でしかダメージを与えることができない。

そして、こうなったあとは物理ダメージしか入らなくなるという、イカレたギミックを持っている。

ツバメ返しによって血が噴き出してきたので、影だけを見ながら攻撃していたら、いきなり視界の中にゲイザーが落ちてきて目が合った。

ドキリとしたが、すでに倒したあとで、すぐにドロップアイテムへと変わった。

テレポートリングはあるし、マナポーションや魔石、魔結晶などをゴロゴロと落としてくれた。

そいつらをひっつかんでアイテムボックスに放り込み、俺は急いでその場所を後にした。

まだ緊張で手が震えているし、水を被ったみたいな汗が体を濡(ぬ)らしている。

テレポートリングを使うことも忘れて、俺は夢遊病のようにふらふらと階層を上がった。

眩暈(めまい)がして、途中で何度も座り込んで休みながら、なんとか地上付近まで戻ってきた。

四層でゴーストを召喚する気にもなれなかった。

俺は売店に直行し、西園寺が目を丸くするのも構わず、魔石と魔結晶を売って寮に帰った。

明日は日曜日だから、買い物をするためにも金が必要なのだ。

少し時間が早いが、シャワーだけ浴びて寝てしまった。

第十話　支配構造

とりあえず攻略本の指示通り、侍にクラスチェンジしたが、侍ではレベルアップで魔力が上がってしまうため、このままだと四層での召喚レベリングができなくなってしまう。

最近では四層に幽霊が出るという噂も広まっていたから潮時だろうか。

いくら二十四時間無人狩りとは言っても、そろそろ効率も落ちてきたところだ。

トニー師匠は、召喚狩りなど邪道との考えを持っているので、師匠の教えに従うなら召喚狩りをあきらめる時期でもある。

元々経験値よりも封魔の覇紋を育てるためにやっていたようなものなのだ。

モーラン狩りの次は、経験値が多くてＨＰの低いアンデッド系の敵を、パーティーでひたすら倒せというのが師匠の教えだった。

ソロの俺としては、倒せそうなアンデッドに手ごろなのがいない。

なので、いまだに延々とモーラン狩りを続けているが、最近はお金だけを稼いでいるようなものになっていた。

さすがにずっとやっていればレベルも上がるので、なんとかレベル30までは上げることができた。

なんともやる気がない話だが、現時点でも強くなりすぎているきらいを感じている。

そもそもトニー師匠の言う完成とは、このダンジョンを一人で踏破して、最終階層のボスを倒せるようになったら終わりというわけでもない。

隠しボスのような異次元の存在すら、ソロで倒すことが念頭に置かれている。

そいつらはもう、このダンジョンにいるラスボスが赤子に思えるほど高次元の存在で、神だか悪魔だかもわからないようなものだ。

バトルステージからして異様すぎて、もはやそこは普通の人間が生存できる環境があるとは思えないような場所である。

クラスメイトはいまだ12、13とかのレベルなのに、俺だけそんな訳もわからないほどの高みを目指して命を削るのでは意味がわからない。

いくらなんでも目標が高すぎる。

モーランの落としたアイテムを拾って、スキルの練習でもしようかと思っていたら、一般の冒険者に出くわした。

手に持った得物は盾、短剣、杖だった。

「どうも、失礼します」

「へ、へへ。ちわっす」

そんな感じで声をかけられる。

なぜ年上である彼らが俺に敬語を使うのかと言えば、三人で歩いている彼らよりも、ソロでやっている俺の方が、レベルが上になるからだろうと思われた。

ダンジョン内におけるレベルは、身分や権力とイコールだ。

普通ならどんな剣の達人でも二対一の状況で勝つことなど不可能だが、ここはゲームの世界なので、そんな一般常識は通用しない。

ステータスや装備によって、ほとんどダメージが入らなかったり、大ダメージが入ったりするのが当たり前だ。

だから危険なダンジョン内に一人でいるという時点で相当に手馴れているし、その階層の敵を処理できるだけの桁違いな攻撃力を持っているということになる。

耐久力に関しては、完全にモンスターの攻撃力を上回っていて、最低ダメージしか受けないレベルということだ。

それが囲まれたとしてもソロで難なく対処できるということである。

この三人には何度か会っているが、争う気はないというのを態度で表してくる。

装備につけられた家紋から見て、三人はあの伊集院響子を筆頭とするギルドノワール系列の構成員である。

バックの組織が大きいので、わりと俺の方もビビって目を合わさないようにしていた。

レベルを上げたいのはどちらも同じだから、何事もないのが一番のメリットだと考えるのは当然のことだ。

この感じで、本当に抗争など起こるのだろうかという気がする。

そう思うのは、まだ俺がそこまで煮詰まった狩場というのを目にしたことがないからだろう。

しかし、これからはそういった狩場にも足を踏み入れないわけにはいかなくなる。

俺は十三層に行き、スケルトンソルジャー相手にスキル発動の練習を開始した。

短刀を両手に持った忍者っぽいスケルトンスカウトの動きもよく見えている。

ツバメ返し一発でオーバーキルになるくらいだから、この階層でも経験値が少ない。

そこまで考えて、ふと、ある考えが頭をよぎった。

これが同格くらいの相手を倒した時の本来の経験値なのではないだろうか。

むしろ今までは、格上を倒したボーナスが大きすぎたのだ。

つまり、これからしばらくは、このくらい地道にやっていかなければならないらしい。

度胸をつけるために、チャンスがあれば九層のキーパーを倒しているので、もはや雑魚モンスターでは退屈に感じられるようになった。

さすがにボスを好んで倒すようなのは少ないらしく、遭遇率の高さもあって悪くない稼ぎになっている。

■■■

晴れて十二層から卒業し、アンデッド狩りをやるようになったのだが、初めての近接戦闘によるレベル上げは、ツバメ返しが強すぎることもあって危なげなくやれていた。

それでもカエル落としと比べたら、敵を倒すスピードはかなり遅い。

次のレベルまではかなり遠そうな感じがする。

となると、もう少し上の階層に行きたくなるが、ＨＰの高い敵を相手にするのは効率が悪いというのが悩みどころである。

俺は周りの敵を一掃したところで、エクスヒールを使ってＨＰを戻した。

このくらいならＭＰも減りにくいし、アイテム消費もしていないから、燃費のいい戦い方ができている自覚がある。

カエル落としによるレベル上げができなくなったところで、形だけとはいえ近接戦闘に必要なスキルや魔法が一通り揃っているのだから、トニー師匠の攻略チャートには頭が下がる。

この時点でツバメ返しがなかったら、かなり絶望的なレベル上げをせざるをえない状況になっていたに違いない。

こんな階層で、ソロによる攻略が無難に行えているだけでも驚異的なのだ。

周りでは年季の入った探索者が、フルパーティーであっても大変そうにしているというのに、ソロでやっている俺の方にはまだまだ余裕がある。

それに前衛職のソロは、探索スピードが魔法職を含むパーティーとは比べ物にならないほど速い。

敵を探して走り回り、見つけ次第に斬りかかって、倒したら次に行くというのをひたすら繰り返していた。

敵を倒すスピードが速い分だけ、集まってこられる心配がないのもありがたい。

まだソロによる探索は慣れていないので、状況に余裕があるというのは、立ち回りを習得するうえでも助けになっている。

周りでやってる連中は俺ほど余裕がないらしく、時には四人パーティーなんてのも見かけるくらいだ。

長く続けるのなら、経験値より安全性を考慮するのも理解できた。

苦労しているだろうに、俺の方が気を使われる立場というのが、ちょっとだけ心苦しい。

ソロのいいところは、狩場においてヒエラルキーが最上位ということだ。

現に、四人組の若者連中が、年季の入った三人組のオッサンたちから説教されているなんて姿も目にすることがある。

モンスターを取ったの取らないのといった些細なことで、長々と説教されるのだからたまったものではないはずだ。

四人組の若者よりも、三人組のオッサン連中の方が引退までの期日に迫られている分だけガツガツしているというのも面白い。

その一方で、俺の場合は多少強引にモンスターを頂いたところで、それで何かを言われるなんてことはありえない。

俺の行動にケチをつけた日には殺されるとでも思っているのか、オッサン連中たちからさえも非常に丁重な扱いを受けていた。

四人組などは、俺の横を通り過ぎるだけでもいちいち頭を下げてくるくらいだ。

そんな四人組だって地上に出てしまえば、中堅ギルドの次期エース級として扱われているというから不思議なものである。

だから俺のような若造がこんな階層に一人でいるのは、よっぽど珍しいことなのか、最初はえらい注目を集めてしまった。

地上では底辺扱いの俺にとって、ダンジョン内は実に居心地のいい場所だ。

しかし、これより先の階層に行けば、自分よりレベルの高い探索者と同じ狩場に居合わせることもあるだろうし、争いごとを吹っかけられる可能性だってある。

せいぜい今のうちに、この王様気分を存分に味わっておこう。

数日が何事もなく過ぎて、またダンジョンダイブの授業が始まる。

あれからも何度か組んでいるので、伊藤と佐藤にも慣れてきた。

少しはレベルも上がって、伊藤は軽装歩兵のクラスになり、佐藤はソーサラーへとクラスチェンジした。

俺がヒントを出しているから、それなりの仕上がりになっている。

そしてもう一人、Cクラスから犬神(いぬがみ)つかさというアサシンの男が加わっていた。

漫画研究会で知り合ったらしく、いつもはこの三人でやっているそうだ。

男とは言ったが、性別がどちらであるかはまだ確信が持てていない。

四人というのも学園では見ない組み合わせだが、ダンジョンダイブの授業なんて俺がパワーレベリングしてやるだけの時間だから、誰も人数など気にしていなかった。

「Cクラスにはパンドラと関係のある人がいて、いつも威張ってるんだよ。嫌だよね。ああいうの」

パンドラというのは、名前の響きとは違って、かなり武闘派よりのギルドだ。

最近になって力をつけてきて、大手と並ぶところまで来たと言われている。

狩場で揉めても絶対に手を出すなと、教師たちまでもが注意するくらいヤバい連中である。

「わかりますぞ。Dクラスにも同じような輩がいますからな。しかし、Dクラスは上位陣に人格者が揃っている」

「まあ、狭間を除けばそうですね」

レベルは、伊藤と佐藤が12、犬神が13となっていて、俺がいれば五層でも危なげない。

サラマンダーは佐藤が魔法でタゲを取り、サーベルタイガーは伊藤が受け持つ。

そして犬神は、佐藤がタゲを取ったサラマンダーを必死に追いかけて倒していた。

俺はと言えば、ひたすら射程に入ったものを斬り伏せている。

佐藤はそれなりに魔法耐性も育ってきたのか、それほど苦しくはなさそうだ。

しかし伊藤にとってサーベルタイガーとやり合うのは、かなり苦戦する様子が見られる。

純近接ビルドで苦戦するくらいだから、何か一つくらい武器になるスキルが欲しいところだが、薙ぎ払いや振り下ろしなどリーチの短いスキルしかない。

「たしか、盗賊に刺突ってスキルがあったよな。あれを伊藤が覚えたら良さそうじゃないか」

良さそうじゃないかとは言っているが、攻略本でも推奨された序盤ビルドの一つだ。

突進スキルなので、他のスキルの起点にするのに向いている。

盗賊で敏捷を上げるアビリティを得るのも悪い考えではないだろう。

そのあたりのビルドに関する攻略本の記述も、今まではピンとこなかったが、頼れるスキルを得た今になって、やっとその意味が理解できるようになった。

普通は武器となる便利なスキルを一つ取るのがセオリーらしいが、トニー師匠が考案したビルドはツバメ返しまで一直線で行くので、寄り道ができないから俺は苦労していたのだ。

「ふむ、高杉殿が言うのであれば試してみるのもやぶさかではない」

そう言って、伊藤はためらう様子も見せずに、盗賊へとクラスチェンジした。

こいつの思い切りの良さにだけは、いつも驚かされる。

筋力についていたステータスボーナスが敏捷に変わると、伊藤は盾の重さに足もとがふらついていた。

伊藤は盾を仕舞うと、片手剣であるサーベルを両手で持った。

ウォーリア系は盾で攻撃を受けつつ戦うスタイルだ。

それがローグ系の攻撃をかわすスタイルに切り替わったところで、慣れない伊藤はサーベルタイガーにやられ始めて、俺が回復を入れてやる必要が出てきた。

今の俺には敵が止まって見えるくらいだし、攻撃だって避けるのが面倒だから食らってしまえと思えるくらいには軽いのだが、伊藤は冷や汗を流しながら必死に戦っている。

この世界におけるステータスの補正は、かなり強烈なものがあるらしい。

「もしそれがうまくいくなら、ボクは剣士に変えてみようかな」

「それがいいかもしれません。しかし犬神は盗賊衣装が可愛いので惜しいですね」

佐藤は後衛だから余裕があるのか、そんなことを言い出した。

「えっ、そ、そうかな」

犬神は乙女みたいな仕草で口元を覆い、顔を赤らめた。

肩は細いし、ウエストもくびれているし、露出した肌も白くて綺麗だ。

「なんで、可愛いと言われて顔を赤くしてるんだよ。お前、やっぱり」

確認のために股間を触ってみると、そこにはずっしりとした温かい感触があった。

そんなものを触ることになってしまって、俺は非常に気分が悪い。

「うわっ、どこを触ってるのさ！」

触られた方の犬神は、跳び上がるようにして俺から離れた。

「紛らわしい奴だな。ちゃんとついてるじゃないか」

玉はついているから男で間違いない。

今までは不安があったが、やっと確証が持てた。

こいつは間違いなく男である。

「なんという暴挙であろうか。羨ましいですぞ――！」

ゲームの世界の美少年だからか、はっきり言って、見た目は美少女と何も変わらない。

犬神は声も含めて女にしか見えなかった。

伊藤は本気で羨ましがっているようだが、ならば触ればいいではないか。

男同士で何を遠慮しているというのだ。

「ちょっと、うるさいよ。ダンジョン内は声が響くんだからやめてよね。聞いてるこっちが恥ずかしくなるよ」

それまで俺たちは和気あいあいと話していたのに、神宮寺の声が聞こえたとたんにシンと静まりかえる。

同じ階層を回っているから、こんな感じで鉢合わせることは少なくない。

「やっほー」

とか言いながら、天都香が俺に向かって手を振っている。

「ごきげんよう」

ちょっとだけ気だるそうな花ヶ崎も後ろから出てきた。

神宮寺に引っ張り回されて大変だと、端末に来たメッセージで知らされていたが、なんとも気の毒に見える。

本人にはそこまでやる気がないのだからいい迷惑だ。

どうやら花ヶ崎がレベルで他の奴に抜かされないように、神宮寺が張り切っているらしい。

七層が異様に難しいことから、上級生までもが五～六層に集まっているので、奥側はたいそう混み合っているから、このようにすれ違うことも珍しいことではなかった。

奥が過密すぎるために、階段から三キロメートル圏内くらいにはみんないることになる。

人混みは揉め事も多いので、みんな安全な手前側でやっているのだ。

クラスメイトの中でも、そんな人混みの中でやっているのは一条たちくらいのものだ。

今だって、あっちではメインストーリーのシナリオが着々と進行していることだろう。

きっとめんどくさい奴らに、これでもかというほど絡まれているはずだ。

ご苦労なことである。

「お前らもほどほどに頑張れよ」

俺の言葉に、神宮寺はこれ見よがしに大きなため息をついてみせた。

「はあ、そっちは四人でやってるんだから、のん気でいいよね。私たちなんか大変だよ。周りに助けを求められたりするしさ。気楽そうで、羨ましい限りだね」

「まあな」

「それじゃ、私たちはもう行くから」

端末で大変そうだなと花ヶ崎に送ったら、四日で魔法耐性が１００になったと返ってきた。

魔女なら精神のステータスも上がりやすいし、この階層でもよく回避が起こるのだろう。

しかし端末を開いた時に、新着メッセージが二つも入っていて嫌な気持ちになる。

最近は知らない奴からメッセージが届くことも珍しくない。

俺たちも、人がいない方に向かって探索を続けた。

半日で伊藤が刺突を覚えて、軽装歩兵に戻った。

そしたら今度は犬神が剣士にクラスチェンジする。

七層に手詰まりな状況だから、最近では俺に虎徹を売ってほしいという話が、Ａクラスどころか、上級生からさえ来るようになっていた。

端末に来るメッセージは全部無視しているが、日に日に過激さを増している。

剣術の授業で近藤たちに見せてしまったのが失敗だったようだ。

心配事が絶えないが、そろそろリングももっといいものが欲しくなってきた。

■■■

地道なレベル上げを始めてから、近接まわりの裏ステータスも１５０になった。

刀剣スキル、物理回避、物理耐性である。

スキルの使い方や、ソロでの立ち回りも安定してきたし、かなり様になってきた手ごたえを感じている。

魔眼のリング（A）
MP回復上昇＋5　魔力＋200　ダメージ軽減12
純メイジなら中盤以降まで使える。

九層のキーパーからリングも出た。

悪くないように見えて、今の俺ではダメージ軽減以外の効果にメリットがない。

レアリティは高いが、近接職が装備して意味のあるリングでもなかった。

できれば売りに出してしまいたいが、どのモンスターが落としたのかわかるような強力なアイテムを売りに出すと、そのモンスターの取り合いが起きてしまうそうだ。

相談した西園寺りんがそんなことを言っていた。

他にもモーランから出た、MP回復の付いた剣とか、素早さが上がる盾だとか、すぐに値下がりしてしまったCレアのモーランリングとかは売っている。

どれも西園寺から遠回しにゴミだと言われて、捨て値で売ってしまった。

一つだけ、毒の付加効果が付いたナイフがそこそこの値段で売れた。

それでも、とりあえずの金は貯まっているからと、俺は花ヶ崎を屋上に呼び出した。

日の下で見ると、髪の毛が紫色に輝いて見える。

相変わらず美しい顔立ちをしていた。

「なんの用かしら。あまり気やすく呼び出さないでほしいのよね」

そうは言いつつも、なぜかちょっとだけ嬉しそうに見える。

いつもの無表情なので確信は持てないが、なぜかそんな気がする。

花ヶ崎は風に吹かれて、髪とスカートを押さえた。

「ゼニスゴーレムリングを落札してもらえないか」

俺は単刀直入にそう切り出した。

少しだけ考える仕草を見せてから花ヶ崎は言った。

「あなたが私の奴隷になるというのなら考えないでもないかしら。いいえ、そこまでの価値は認められないわね」

奴隷になるならとか言っているから、俺にはそんなものを落札する金がないものだと決めつけているらしい。

だれが他人に装備をたかったりなどするものか。

そんなことをすれば相場より高くつくことになるに決まっているではないか。

「金は自分で出すに決まってるだろ。足りないなら、このリングを買い取ってくれ」

俺は魔眼のリングを出して、鑑定書と一緒に花ヶ崎に渡した。

購買部が発行したとはいえ、そこには西園寺のサインも入っている正式なものだ。

花ヶ崎は、鑑定書に視線を落としてから目を見開いた。

「驚いたわ。どうやって手に入れたのかしら」

「モンスターを倒したに決まってるだろ」

どのモンスターからどんなアイテムが落ちるかという情報は、公開する奴などいない。

だからどのギルドでも、極秘情報として扱っているはずだ。

あのボスを倒したことがあるギルドなんて、それこそ数えるほどしかいないと思われる。

だから花ヶ崎くらいには、どのモンスターから出たものかはわからないだろう。

「信じられない。Ａレアなんて、指定ギルドの人たちでも、ギルド単位で動いて手に入れるようなアイテムなのよ。もう、あなたのことで驚くのはやめにするわ。きっと世界征服でも企てているのね。でも、私の自由にできるお金では、とても買い取れそうにないわ。五日ほど待ってもらえるなら、お父様と交渉してみてもいいけれど。どうするの」

指定ギルドとは、国が特別な優遇を与えると定めた上位ギルドである。

「どうして五日も必要なんだ」

「明日からバカンスに行くのよ。そのあいだは学校を休むわ。八丈島(はちじょうじま)までのクルージング旅行ね」

花ヶ崎は大して楽しみでもなさそうに言った。

貴族様は羨ましい限りである。

まあ、使ってないリングが五日くらいなくなっても困りはしない。

そうと決まれば、次はトニー師匠から出されている宿題の方を終わらせるとするか。

俺はせいぜい楽しんでこいと花ヶ崎に伝えて屋上を出た。

ここでコモンスキルを一つ成長させられるのだが、アイテムボックスと鑑定のどちらかを選ばなければならない。

なぜどちらかしか選べないのかは知らないが、攻略本にはそう書かれている。

鑑定が進化すれば、アイテムを出したその場で付加効果まで調べられるようになる。

トニー師匠はアイテムボックスを推奨しているが、俺としては西園寺の力を借りなくてもアイテムの効果が確認ができるようになる鑑定にも少しだけ魅力を感じていた。

しかし俺は悩むまでもなく、アイテムボックスの方を選ぶことにした。

今までトニー師匠の言葉を信じて間違いはなかったからな。

アイテムボックスを進化させるには、アイテムを販売して十万円稼げばいい。

元の世界の通貨に換算して一千万にもなるが、条件を満たすだけなら、別に利益を出す必要もない。

十万円分のアイテムを売った実績を作ればいいだけだから、最終的には買ったものを売ればいいのだ。

まずはアイテムボックスに九十九個入っていて、入りきらない在庫を部屋にも積んであるポーションから売っていこう。

必要かと思ってとっておいたが、回復魔法があるから使う機会がまったくなかった。

それで足りなければ、アイテムボックスに五十個以上入っているマナポーションを売るという手もある。

端末に表示された俺の購買部での実績は五万なので、残りは約五万だ。

めんどくさいと思いながら、五百個近いポーションの在庫を五往復して売ったが、それでも二万円にしかならなかった。

「マナポーションを十個買って十個売りに出したらどうなるかな」

俺の言葉に、西園寺は顔を青くした。

「大変な額を損してしまいます。とてもお勧めできません。具体的には、買取が千円で販売が千二百円ですから、えーと、二千円ほど損してしまいますね。それに在庫がそんなにありません」

元の世界の金額にして二十万円も損をするという。

なんというアコギな商売だろうか。

持っているマナポーションを売る方がましかと、泣く泣くそれで手を打つことにした。

他に売れるものと言えば虎徹くらいしかない。

「マナポーションを三十個ほど売りたい」

「えっ、本気ですか。やはりキングモーランも倒されていたのですね」

マナポーションはキングモーランしか落とさないなんて、俺は今初めて知った。

たしかに落としやすいような気はしていたが、最後にまとめて拾うので細かいことはわからない。

あれだけ倒しているのに、レアドロップの一つも落とさなかった、しみったれのボスだ。

「ああ。目立ちたくないからさっさと頼むよ」

取引を終えたら、脳内にあるアイテムボックスの表示が白から青に変わった。

これでアイテムボックスの機能拡張は終わりだ。

試しに機能が拡張されたアイテムボックスを使ってみることにする。

頭の中で軽く念じるだけで、アイテムボックス内に残しておいたポーションを取り出すこともなく使うことができた。

食べ物でもやってみたが、勝手に食べたことになるということはなかった。

生命線なので売ることができなかった、モーランからレアドロップしたハイポーションがあと十八個ある。

これを使って、ラピッドキャストによるヒールに近いこともできるようになった。

アイテムボックスを機能拡張したことで、食べ物を入れておいても悪くなることがなくなったのもありがたい。

これで学食が閉まっていて、夕食を食べ損ねるなんてこともなくなりそうだ。

ハイポーション
ＨＰ即時回復４００　ＨＰ回復量増加＋10　３００秒

まあ、いざという時の生命線だから、そうそう簡単には使えない。

しかし、４００しか即時回復しないのでは少々心許ないか。

「エクスポーションを一つ貰おうかな」

「はい、ちょっとお待ちくださいね」

西園寺は、後ろにある鍵のかかった棚から、赤い液体の入った小瓶を取り出した。

「こちらが鑑定書になります。五千円ですね」

即時800回復できるポーションは、数ヵ月は遊んで暮らせる金額だった。

それを震える手で受け取ってアイテムボックスに仕舞う。

支払いは端末をかざすだけでいい。

売店内で武器なども見て回ったが、良さそうな刀は一つもなかった。

トニー師匠が最終的に二刀流を勧めるのは、武器の付加効果を二つ分スキルに上乗せするためでもあるから、中途半端な効果のものを選ぶメリットはない。

■■■

買い物を終えて売店から出たところで、俺は物々しい格好をした数人の男たちに囲まれる。

黒で統一された最新の防刃ジャケットを着こみ、まるで特殊部隊か何かのようだ。

そして見たこともないような女が目の前に現れた。

スカーフの色から判断して、彼女が二年であることがわかる。

「どうして私の呼び出しを無視したのかしら」

女はいきなり威圧的な態度で、そんなことを言い出した。

どうやら相手は、虎徹を売ってほしいと打診してきた竜崎紫苑（りゅうざきしおん）のようである。

威圧感は感じないのでレベルは俺よりも低いだろうが、相手は完全武装した十人からの手下を連れている。

「売らないと伝えたはずだ」

「あなたには分不相応な刀よ。素直に売っておくのが身のためね」

相手はギルドノワールからもスカウトを受けているような、学園最強の一角である。

貴族家の一人娘でもあるし、あまり逆らって得をするような相手ではない。

それに手下どものレベルは、数が多いこともあってわかりにくい。

しかし、ここで引いては相手の思うつぼだ。

「脅してるように聞こえるな」

「はあ？　当たり前でしょう」

「なら、やるしかないか」

俺の言葉に竜崎は眉を吊り上げた。

俺はアイテムボックスから虎徹を引き抜いて、腰に構える。

まさか、こんなところで命までは取らないと思うが、確証は持てない。

なんにせよ、手を出してきたことを後悔させるくらいの武力は示さないと身の破滅だ。

弱肉強食の世界では、脅されたことをそのままにしておくだけでカモにされてしまう。

弱さを見せず、最低でも相手に痛手を負わせる必要があった。

「吐いた言葉は戻せないわよ」

「そんな台詞は、お前の耳にでも聞かせてやれ」

こうなれば俺もやけっぱちだ。

殺す気でやってやるぞと身構えた時だった。

「おやめになった方がよろしいかと思いますよ」

急におだやかな声が響いて、あまりにも場違いな音色に誰もがそちらに気を取られた。

ふり返ると、たおやかな仕草で西園寺りんが校舎の中から現れるところだった。

よくこんな場面に入ってこられるなと、俺はその肝っ玉に感心する。

「誰よ、あなた」

「申し遅れました。西園寺家のりんと申します」

その一言で、竜崎の剣呑な様子が少し薄れた。

「へぇ、あの西園寺のね。その貴女(あなた)が、そいつを庇うというのね」

「そうではありません。竜崎のお爺(じい)さまには贔屓(ひいき)にしていただいているので、見て見ぬふりはできぬと、そう思ったのです」

「それで何が言いたいのよ。お爺さまの名前まで出して、なんのつもり」

西園寺の遠回しな言い回しに、竜崎の方は興奮が高まりつつある。

「その御方に手を出しても、貴女では勝てません、というアドバイスです。素人目の私から見てですけれど」

「はあ？　落ちこぼれの一年坊に、この私が勝てないですって⁉」

竜崎は素っ頓狂な声を上げた。

「ええ、落ちこぼれかどうかは存じ上げませんが、無理だろうと思います。西園寺家の名にかけて、嘘は言っていないと誓いましょう」

そこまで言われてしまうと竜崎にとっても警戒が必要になるのか、動揺をあらわにした。

周りにいた家来たちの一人が、耳打ちするように何事かをささやいている。

「ば、馬鹿らしい。ですが、今日のところは貴女のお爺さまの功績に免じて引きましょう」

言うが早いか、竜崎は踵を返して行ってしまった。

残された俺には、何が起こったのかさえ理解できない。

しかし西園寺に助けられただろうことだけはわかる。

「助かった。恩に着るよ」

「礼には及びません。これからもご贔屓に願いますね」

西園寺はいつものおっとりした笑顔で応えた。

こう見えて、かなり肝が据わっているし、貴族に対しても顔が広いようだ。

「だけど、あんなこと言って大丈夫なのか」

「あんなこととは、いったいなんのことでしょうか」

こんなことがあったというのに、西園寺の声色は普段と何も変わらない。

おっとりとした、一言一言噛みしめるような喋り方だった。

「俺があいつらに勝つかどうかなんてわからないだろ」

「ええ、ですが万が一にも負けたり醜態をさらすようなことになれば、彼女は廃嫡になる可能性さえもありました。ですから本当に彼女のために言った言葉でもあるのですよ。それに今はわからなくとも、高杉さんなら、ひと月もせずに勝てるようになるのではありませんか。そんな人を敵に回すのは、とても愚かなことです。それと、私の予想では、今の時点でも高杉さんが負けることはないと思います」

相手は十人からの手勢を連れていたというのに、そんなことを言っている。

俺が最近になって停滞していることは西園寺も知っているだろうに、どうしてそう言い切れるのだろう。

どうも、モチベーションが下がってきたとか言ってる場合でもないようだ。

この学園では厄介ごとの方からやってくるのだから、もっと力が必要になる。

■■■

図書室で貴族について調べてみると、この世界における政治とダンジョンの関わりがおおよそのところわかってきた。

どうやら竜崎家のような新興貴族は、ダンジョン成り上がり貴族と侮蔑(ぶべつ)的に呼ばれ、花ヶ崎のような血統による旧貴族とは明確に区別されているらしい。

新興貴族とは言っても、抱えている手駒は私設軍隊に近いレベルであり、旧貴族家もそれを真似てはいるが、やはり戦闘力において旧貴族は新興貴族に及ばない。

元々は腕の立つ探索者を国が抱えて、ダンジョン攻略に専念させていたのが、今ある爵位授与制度の始まりらしい。

だから新興貴族にとっては、ダンジョンで成果を挙げることが大事な使命なのだ。

軍と違うのは、独自で編成した組織を使ってダンジョン攻略を行うところにある。

その組織は、次第に傭兵団やギルドなどと呼ばれるようになった。

時が進むにつれ、旧貴族までもがその流れに乗るようになり、今となってはダンジョン開発において功績を残すことが、貴族の責務とまで言われるようになっている。

あの狭間でさえ、五男とはいえ貴族家の子息であることに変わりはない。

自分の好き勝手に動かせる手駒はないにしても、家にはかなりの数の傭兵を抱えているし、資金力は他の生徒が及びもつかないところにある。

そんな奴らが、この学園にはごまんといるのだ。

関東にある唯一の探索科高校であるために、様々な貴族家が、その子女をこの学園に送り込んできている。

そいつらは兄弟たちとの熾烈な競争の中に身を置いていることから、どんなことをしてでも目的を達成しようとするし、手段など選んでいられないというわけだ。

それも当然のことで、家を継ぐことができなかった時点で自動的に身分を平民に落とされてしまうのだから必死にもなる。

だから平民への差別意識を植え付けてでも身分に執着させ、ダンジョンへの攻略意欲を高めさせているのだろう。

歪(ゆが)んだ奴らが多いわけである。

今回はたまたま不人気な刀が貴族どもの目にとまってしまったが、これがもしリングだった場合、もっと多くの貴族から狙われる羽目になっていた可能性がある。

厄介なことに、そいつらはシナリオに深く関わってこない場合、攻略本にも情報がほとんど載っていなかった。

シナリオでは敵対することも多い貴族だが、顔見せ程度に出てくるだけのチョイ役も多い。

しかも、主人公であれば喧嘩を吹っかけてくる相手も、倒せる範囲の敵となっているので問題はないが、俺の場合はレベルの都合などお構いなしに、初めからラスボスみたいな奴がやってくる可能性もある。

いきなり竜崎のような奴がやってきたのも、その証左と言えるだろう。

だから、俺に求められるレベルというのは、最初からかなり高いところにあるらしい。

やはり早いところ覚悟を決めて、縄張り争いが激しい階層に足を踏み入れる必要がある。

さすがに十五層辺りまで攻略を進めてしまえば、貴族からの脅威はなくなると思っていい。

そんなところまで一人で攻略できるような奴は、貴族の手駒になったりしないからな。

もし、そこまでの攻略ができなければ、不測の事態が起こりかねないということになる。

せっかく手に入れたアイテムを奪われるなんてのは勘弁願いたいところだ。

寮の天井を眺めながら、俺はそんなことを考えつつ眠りについた。

第十一話　黒鎧武者

煙玉が五十銭も値上がりするほど十二層で金策をしていたら、花ヶ崎が帰ってきた。

ここ数日、もはやダンジョン内に住んでいると言えるくらい、購買部とダンジョンの往復しかしていない。

おかげで目標の金額は難なく達成することができた。

花ヶ崎から屋上に呼び出されて、ゼニスゴーレムリングと、ついでに落札してもらった石切丸（いしきりまる）という刀を受け取った。

俺の支払いは四万四千円である。

ゼニスゴーレムリング（A）
耐久＋１２０　ダメージ軽減＋24
物理防御だけならSレアと同等。
敵によっては効果を発揮するが、特定の階層でしか使いものにならない。

石切丸（B）
防御力無視30％　追加ダメージ＋１５０

防御力が高く、エンチャント武器も効かないような相手に適した武器。


魔眼のリングは花ヶ崎が装備することになったようだが、どうにも顔色がさえなかった。

機械的なやり取りのみで、花ヶ崎はすぐにふらふらとどこかへ行ってしまった。

刀の方に関してだが、本当は水属性のエンチャント武器が欲しかったのだが、とても買えるような値段ではなかったために、こちらを買うことになった。

やっと装備が揃ったので、これで十四層のゴーレムに挑むことができる。

このゴーレムは付加効果付きの刀を落としてくれるので、しばらくは刀狩りをして、今後の狩りに使えそうなものを集める予定だ。

それにゴーレムは、コインを集めて召喚契約すれば何かと役に立つ。

ゴーレムは意外に厄介で、攻撃を受けただけで麻痺の状態異常を食らう可能性があった。

しかもＨＰが高いので、適した武器がなければ経験値効率が格段に悪い。

だから耐久力の高いリングと、水属性か防御力無視の武器が欲しかったのだ。

授業が終わって放課後になったが、なんだか今日はつけられているような気がする。

どうも嫌な感じなので、ダンジョンに入ったらテレポートの指輪を使い、速攻で十層へと飛んだ。

そのまま一直線に十四層を目指す。

十四層は、天井が発光して深い森の中にいるようなマップだった。

深く苔(こけ)むして、石のようになっている大木が生えている。

十四層に着いたら、ゴーレムしか出ない手前側を回り始めた。

ここで奥まで行ってしまうと、トロルが出てきてしまって非常に厄介となる。

さっそくゴーレムの攻撃を受けてみるが、刀でガードしたはずなのにビリビリと電気を流されたように痺れて、本当に動けなくなってしまった。

なるほど、これは強敵だ。

攻撃を受けたら擦り潰されるような感じがする。

しかし動きは遅いから、攻撃は非常に入れやすい。

むしろ安心感を感じるくらいやりやすいと言ってもいい。

ゴーレムの方はどうやらなんとかなりそうだと、俺は一安心した。

新しく揃えたリングも武器もちゃんと機能しているので、この狩場が使えるなら、まだまだレベルを上げられるし、武器も揃えられる。

そんなふうに考えていたら、それどころではない事態になった。

最初に出会った人物が最悪で、六文銭の家紋、槍持ち、単騎、そして俺よりもゴーレムを倒すのが早いという、悪夢みたいな要素が揃った漆黒の鎧武者だ。

元々縄張り争いが激しい階層で、一番出くわしたくないような相手だった。

俺の方に敵が現れたが、瞬時にツバメ返しを使わない戦い方に切り替えた。

もちろん相手が侍クラスを開放している可能性を考えたからだ。

「新入りか」

黒武者は戦っている俺の後ろに回り込んできて、そんなことを言ってくる。

背中から威圧感を感じて、呼吸すら重たく感じられるほどの圧に吐きそうだった。

まるで生きた心地がしない。

さて、どんなふうに答えるべきだろうか。

顔を隠して来るべきだったが、俺が何者かまではまだわかっていないはずだ。

色々考えて、俺はハッタリを利かせつつ自然体で返すことにした。

「なんの新入りだよ」

「この狩場のだ」

新顔に気が付くということは、それだけ長くやっているということになるが、なぜこの階層にそこまで長期間とどまっているのかわからない。

威圧感からいっても、レベルだけならもっと上の階層に行けるほど高いはずだ。

「そうらしいね」

「まあいい。俺の邪魔はするなよ」

それだけ言って、男はいつの間にかいなくなっていた。

マジで、おっかないんですけど。

人の一人や二人くらいは殺しているのだろうかと、そんな考えが頭をよぎる。

般若（はんにゃ）のような黒仮面を着けているせいで、その顔すら確認することはできなかった。

俺は攻略本に書かれたゴーレムゾーンのすみに移動する。

なるべくあんなのとはダンジョン内で鉢合わせしたくない。

困ったことにツバメ返しを使わないとなると、俺の通常攻撃の打点が低すぎてダメージが通らなかった。

面倒事になったらその時はその時だと、俺はツバメ返しを使いながらやることにした。

ゴーレムは炎も電撃も通さないが、ヒールは簡単に使わせてくれる。

慣れるまでにハイヒールが必要で、マナポーションを二本ほど消費した。

ハイポーションを使うような場面はなかったので、やはり戦いやすい階層だろう。

黒武者とは何度か鉢合わせたが、ツバメ返しについて言ってくることはなかった。

黒武者以外にも三人組のパーティーが二ついて、前衛は斧と大剣だ。

どうもトロルを処理できるようにならないと、やはり効率は良くない。

トロルは毒か回復阻害があればいけるらしいが、どちらの付加効果が付いた武器もかなり高価なのがネックである。

何か方法はないかと休憩中に攻略本を眺めて、ディスペルの魔法が入るならいけないこともないとの記述を見つけた。

ならばいけるではないかとトニー師匠のビルドに感謝する。

あんな気味の悪い黒武者と同じ場所でやるのは嫌だったので、残りの時間はそっちでやろうと、俺はすぐにゴーレムゾーンを離れた。

トロルは三回唱えれば、だいたいディスペルの魔法が入る。

わりとキツイＭＰ消費だが、黒武者から離れられるだけでありがたい。

トロルとゴーレムの混合ゾーンに入ると、嘘のように周りから人が消えて思い切りやれるようになった。

六時間ほど経過したところで、俺はテレポートリングで一階層に戻る。

このテレポートリングは行きよりもむしろ帰りの方がありがたいくらいである。

■■■

十四層で出た槍を翌日に鑑定してもらうと、いきなりHP回復上昇という高額レアだった。

探索者は儲(もう)かる商売だと今さらながらに思う。

「おめでとうございます。三万円くらいにはなると思いますよ。オークションに出されますか」

「そうしてくれ」

俺は笑顔でそう答えた。

槍は西園寺に渡し、俺は臨時収入も入ったことだしと、学食ではなく一般の食堂に入る。

弁当が売られていたので、アイテムボックスに入れておこうと複数を買い求めた。

そして空いている席に座ったら、やたらと高いとんかつ定食を注文してみる。

注文を終えてから、ああやっぱり俺って馬鹿なんだなと、自分の愚かさを呪った。

さっき会ったばかりの西園寺や花ヶ崎は別にしても、竜崎、狭間、近藤、芹沢、金髪カールと、
俺の嫌いな奴らが周りに勢ぞろいしている。

「チッ、ここはいつから庶民が来るようになったんだ」

さっそく狭間が鬱陶しいことを言いだした。

せっかく奮発したというのに、こんな奴らに囲まれていたら飯がまずくなるったらない。

しかも高いだけで、元からしてそんなたいした味でもないときた。

まさに踏んだり蹴ったりである。

周りからの視線が痛くてしょうがないから、俺はかき込むようにして食べ、食べ終わったら花ヶ崎に声をかけるのもためらわれたので、さっさと席を後にしようとした。

「おいおい、まさかこんなところで会うとはな。少し話がしたい。時間はあるか」

不意に知らない男から話しかけられる。

とたんに周りが静かになったような気がした。

また厄介ごとの方からやってきたのかと、俺は暗澹たる気持ちになる。

しかも、この男からは腹になまりでも流し込まれたかのような気分にさせる威圧感が発せられていた。

「あんたは」

俺の言葉に男は笑顔で応じた。

「昨日、俺の邪魔はするなよって、お前に言った奴だよ。覚えてないか」

吸い込む空気すら重く感じられる、この粘りつくような感じには覚えがある。

見れば真田の家紋付きのピンバッヂをジャケットにつけていた。

どうやら昨日の黒武者であるらしい。

たしかに一般の奴だって、ここの店を利用することはあるだろう。

想定してしかるべき事態だった。

今後は狩場で正体を隠す必要があるようだ。

俺のついたため息を返事ととらえたのか、男は言った。

「時計台の下で待ってる。支払いが済んだら来てくれ」

一方的にそれだけ言って、男は店から出ていってしまった。

何を言われるのかと恐れたが、どうやらマナーは心得ているらしい。

しかも六文銭の色から察するに下部組織などではなく、真田家の直臣（じきしん）ではないか。

「おいおい、どうして貴様（きさま）が根津（ねづ）さんに声をかけられてるんだ」

騒いでいる近藤を無視して、俺は西園寺と花ヶ崎がいる方に聞いてみる。

「あれは誰だ」

「根津陣八（ねづじんぱち）さんは、十勇士と言われる真田家直臣の一人です。所属する六文銭は、日本のギルドランク一位ですよ」

名前以外は俺でも知っているような情報だった。

西園寺はまるで俺たちが同じ狩場にいたのを知っていたかのような物言いだ。

あの黒武者は長いことあそこでやっているような感じだったから、西園寺がそれを知っていたとしても不思議ではない。

こいつはやたらと顔が広いみたいだしな。

■■■

「おまえ、よくその歳（とし）であんなところまで来たもんだよな。たまにいるんだよ、そういう規格外な奴がさ。うちのマスターが同じタイプだからわかる。あっという間にトロルすら攻略しちまったようだし、とんでもねえ奴だな。うちのマスターと比べたって、お前は別格だよ」

根津はお気楽な調子で喋っているが、対面に立たされている俺の方は炎にでもあぶられているかのような気分だった。

「で、話ってのはなんだ。言っとくが、俺はあんたと縄張り争いをする気はない」

俺がそう言ったら、根津はうんざりだという様子で手を振ってみせた。

刈り上げた短髪と、しなやかに動く異様に発達した筋肉が獰猛な野生動物を連想させた。まるで大砲か何かを自分に向けられているような感じがする。

こんなのが自由に街中を出歩いていて、法的な問題はないのかという気にさせられた。

「そんな話がしたいんじゃねえ。俺も縄張り争いすんのは嫌いなタイプだ。余計なことに頭を使いたくねえからな。それより不思議でならないんだ。いったい何をどうやったら、あのトロルを攻略できんだよ、って考えたらさ」

あまり賢いタイプではなさそうだから、そこまで警戒する必要はないかもしれない。

普通ならそんなことを他人に聞くのはご法度のはずだし、細かいことに神経が回らないタチなんだろう。

俺と似たようなタイプだと言える。

「あのトロルは自然回復が脅威だと思ったんだ」

「そんなのはわかってるさ。有名な話じゃねえか。俺もそこまでは知ってるよ。だけど回復阻害なんてシロモノを、おいそれと持ってるとは思わねえだろ。そんな得物を使ってまで倒したい相手でもねえしな。かといって、回復させたままのあいつを倒すのは至難の業だろ。長年やってきたが、あの短時間でトロルを攻略した奴だけは初めて見たぜ」

「俺が使ったのはディスペルの魔法だよ」

根津は、まるでひらめきを得たというように目を見開いて手を打った。

「なるほどな！　そんな魔法があるなんて存在すら忘れてた。色々試してみるもんだな。参考になったよ。あの回復は、魔法がかかっていたってわけか。それにしても破魔だったか、よくそんなマイナーな覇紋を入れてたよな」

そりゃ攻略本に万能魔法って書かれていたからな。

前衛後衛に関わらず、魔法に対抗する手段を得るために必要な覇紋だ。

最初のうちはまったく使いどころがわからなくて役に立ちもしないが、中盤以降になってから必須になるといういやらしい魔法である。

しかも、この世界の探索者がその階層までたどり着く頃には、すでにビルドが完成してしまっているというおまけつきだ。

「二十層台は、デバフが厄介だと聞いたんでね」

そうは言ってみたが、二十層台どころか、あのダンジョン内は厄介な魔法が多い。

バフ、デバフを管理できないと、弱体化を受けただけで死亡確定レベルだ。

とくにソロでやる場合や、ステータスに余裕がない場合は必須になってくる。

しかも、デバフを防げる装備となると、三十層より下でしか手に入らない。

なるほど、それで二十層より下には、誰も寄り付かないのだろう。

少し有益な情報を与えすぎてしまったか。

「なるほど。学園の授業もまともに受けとくもんだぜ。ちょうど覇紋の空きが一つあるから、そいつを試してみるか」

今の会話を花ヶ崎にでも聞かせたら、俺もこいつも、よくそんな情報を他人に話して聞かせるものだと感心することだろう。

だけど上位ギルドに属していて、情報の扱い方も知らないなんてことはないはずだ。

こいつから俺の情報が広まることは考えなくていい。

それに、恩を売れたうえに今の狩場からもいなくなってくれるというなら言うことなしだ。

「デバフ解除に使うなら、なるべく世代の進んだやつを入れるんだな」

「たしかにそうだ。よし、情報料として、俺のコレクションから刀を一つやろう」

「え」

いったい何を言い出すのかとあっけに取られて、俺は一瞬だけ言葉に詰まった。

根津はアイテムボックスの中を漁って、紙の束を取り出した。

「そんなに驚くなよ。刀は自分じゃ使わねえし、気前のいい奴には気前良くしとかねえとな。それに最近じゃ俺も貴族だから、メンツってやつも大切にしてんだ」

そう言って、根津は俺に鑑定書の束を投げてよこした。

俺は受け取った鑑定書に急いで目を通す。

ゴーレムを長いこと相手にしていただけあって、そのコレクションはかなり凄まじいものがあった。

はっきり言って選べないほどのモノが並んでいる。

「遠慮なんかすんなよ。それだけ価値のある情報だ。長いこと真田の足を引っ張ってきた俺も、これでやっと幸信（ゆきのぶ）様のお役に立てるかもしれねぇ」

とある紙切れを前にして俺の動きが止まる。

体に電流が走ったみたいになって、全身が震えた。

それは攻略本で、別名エクスカリバーとも呼ばれていた幻の一本だった。

俺は震える指で、一枚の紙を渡した。

正宗（まさむね）（S）
防御力無視　攻撃力2．5倍　追加ダメージ＋150
本作の近接最強アビリティである二刀流、ツバメ返しとともに最高の相性を誇る。
別名、エクスカリバー。ユニーク武器を含めても他の追随を許さない最強の一角。

「そんなんでいいのかよ。たしかにゴーレム狩りには強いけど、属性エンチャントの方がダメージが出る場合も多いんだぜ」

槍の場合ならば、それはそうだろう。

この世界での侍クラスは槍を持つことが多いから、需要がないのだろうか。

いや、そんなはずはない。

根津はお安いもんだとかなんとか言っているが、きっと幻聴に違いない。

もしこれで貰ってしまったら大きな借りを作ってしまうようで気持ちが悪い。

ツバメ返しのような倍率が付くスキルには、この倍率付きの武器が最強なのだ。

そして対ボス戦においては、この防御力無視が最強となる。

この二つが同時に付いた一本こそ、俺のビルドを何倍にも強化してくれるのだ。

たしかに弱点属性は追加ダメージ１００％だが、スキルの倍率では乗算されない。

この足し算と掛け算の違いこそが重要なのである。

それに普通は弱点属性ごとにエンチャント武器を二本集めるなんて現実的ではない。

現に、これほどのコレクションを持っている根津でさえも、完全属性エンチャント武器となると五本とないのだ。

虎徹のような、ダメージすべてを属性ダメージに変換するような武器は、それだけでAクラスのレアアイテムになる。

まあ、たしかに槍のスキルは多段攻撃が多くて、追加ダメージや詠唱阻害などの、確率や加算で発動する付加効果と相性がいいというのはある。

それで刀も槍も同じようなものだと思っていたら、価値がないと判断する可能性はあるかもしれない。

いやいやいやそんなわけあるかと、正気に戻った時には、俺の震える手には一振りの刀が握らされていた。

時計台の下のベンチでぽつんと一人取り残された俺は、途方に暮れてしまう。

二刀流までに、もう一本の倍率武器を入手できれば文字通り最強のビルドになる。

確定入手のユニーク武器にも倍率付きはあるから、俺はもう最強になることが決定していると言ってもいい。

ゲーム時代でも、オンラインで取引される価格が十万まで値上がりしたことがあるほどの武器を手に入れてしまった。

値下がりした後でも、五千円程度とはいえ高額取引の対象となっている。

しばらく呆けていたら、やっと意識が戻ってきた。

第十二話　対決

「いよう、花ちゃん。今日も顔だけは可愛いな！」

廊下で凪になんか吹かれていた花ヶ崎の背中を叩いて挨拶する。

俺は絶好調に機嫌が良かった。

花ヶ崎は迷惑そうに目を細めたが、いつも迷惑しているのは俺の方だから気にすることはない。

「う、羨ましいですぞーー！」

騒がしい伊藤を引き連れて教室に入ると、前の方に生徒が集まっている。

最近ではCクラスの妨害もはねのけて、クラス内の雰囲気が明るくなっていたのに、今日はそういう感じでもなかった。

クラス内の雰囲気が良くないから、花ヶ崎や伊藤は廊下に避難していたようだ。

「おい、高杉。ちょっと来い」

狭間が偉そうに俺のことを呼びつけた。

俺がこの教室でこんなにも注目を集めたのは初めてのことである。

いったい何が起きているというのだろうか。

狭間の言うことなど聞きたくなかった俺は、無視して自分の席にドカリと腰を下ろした。

「本当に高杉が真田の人と話をしていたの。何かの間違いじゃない」

と言ったのは神宮寺だ。

「いや、間違いじゃない」

と狭間が不機嫌そうに言う。

「ちょっといいかな」

と言って、俺の前の席に座ってきたのは、クラス委員長の風間だった。

なで肩の優男が浮かべる、さわやかな笑顔が俺のことを覗き込んだ。

「なんだ」

「最近になって、レベル上げが順調なメンバーを集めて、六層の奥に行くようになったんだ。まだ行けるのは、僕らと狭間のパーティーだけだけどね」

「俺は新しいギルドを作ることにしたよ。ここにいるのは、そのメンバーだ」

と言ったのは一条だった。

どうやら、やっとシナリオが進んだらしい。

自分でギルドを作るということは、第三の勢力ルートである。

それにしても六層の奥とは、上級生たちもいるような場所ではないか。

じゃあ、もう少ししたら色々なところと揉め始めるだろう。

「メンバーってのは、そいつらか」

「そうだよ。誰でも加入は歓迎だ。レベルの制限はあるがね。俺たちがレベルを上げたら、クラスのみんなもパワーレベリングをして、力をつけてもらおうと思ってる。君にもメリットのある話だ」

風間、狭間、神宮寺、ロン毛、他数人がメンバーであるようだ。

クラスのレベル上位であろうメンツが揃えられている。

しかしそれを俺に言う意味がわからない。

まさか他のクラスメイトまでも、例の縄張り争いに引っ張り出す気なのだろうか。

「入れという話なら、俺に参加する気はない」

「お前など入れるわけがないだろう。そんなのはお前のレベルが上がったらの話だ」

と狭間が言った。

「たしかに先の話としてだね。今すぐというわけじゃない」

と一条も言う。

いったい入れと言っているのか、入るなと言ってるのか話が見えない。

本題を切り出してくれたのは、風間だった。

「ただ六層では、上級生に戻るように言われてしまってね。一方的に言われたんだ。それで真田家の人に伝手があるなら、名前を貸してもらえるよう頼んでくれないかと思ってね」

なるほど。

そんなつまらない話かと納得する。

たしかに六文銭は、この関東ダンジョンにおける顔役のようなものだ。

もし話を通せるのなら、どこの階層だってフリーパスになる。

「伝手なんかない」

たとえあったとしても、そんなことを手伝う気にはなれない。

そもそも俺にメリットとか言っているが、そんなものを享受させる気があるかどうかも怪しいところだ。

「ほら、言ったでしょ。きっと落とし物を拾ったとかそんな話よ」

「そうだ。落とし物を拾ったとかそんな話だ」

神宮寺の話に乗って、そういうことにしておけばいい。

そもそも対立するかもしれない一条を、そこまで親身になって助けるというのもおかしな話だ。

俺はもう何が起きても自分を守れるくらいには強くなった。

そっちはどうなんだと問いたいくらいである。

「ふん、まあそんなものか。こんなのに期待する方が間違っていたのだな。やはり花ヶ崎に頼んでみるか。軍の上層部に伝手くらいあるだろう」

と狭間が言った。

たしかにアイツの兄貴なら軍にも話は通せるだろうが、そんなことは意味がない。

軍もシナリオに絡んでくるが、軍は軍ではっきりとした目的意識を持っている。

学生の縄張り争いなんかに出てくるはずがなかった。

しかも、力もつけないうちに無理やりシナリオを動かそうとしているようで、こっちとしては見ていて不安になる。

「そんなくだらない話にアイツを関わらせるな。自分たちでなんとかできないなら、六層なんてやめておけ」

「自分で何もやろうとしない奴が、それを言うのは滑稽だぞ」

と言ってきたのはやはり狭間だった。

それを手で制して一条が言った。

「なるほど、高杉の意思はよくわかったよ。だけど、もう一つ頼みがある。そっちは譲れない話だ。ダンジョンダイブの授業で他のクラスの生徒と組んでいるだろ。それだけはやめてもらえないか」

それは犬神のことを言っているのだろうか。

あいつがスパイだとでも言いたいのか、他に組む相手がいるとでも思っているのか。

最初の頃にあぶれたことのある身としては、犬神のしんどさはよくわかっているつもりだ。

誰が好き好んで、他のクラスの奴とパーティーなんて組んだりするものか。

そんなことを考えていたら、俺の方も頭に血が上ってきた。

「何もわかってないな。やめさせたいなら力ずくでやってみろと言ってるんだ」

俺が殺気を放つと、さすがの一条も普段のポーカーフェイスではなく、顔色を変えた。

主人公には、早いところこの学園の仕組みというものに気が付いてほしいものだ。

強さこそがすべて、そして勝つことがすべて、それがこの学園の基本的なルールである。

強さがないなら他人に何も望むべきじゃない。

「それが望みだと言うなら、やってみようじゃないか」

まさかこんなことから、俺がずっと避けようと思っていた主人公との対決イベントに発展するとは思わなかった。

やってしまってから俺の方もだいぶ冷静になった。

どうやら怒りをぶつけるような感じで力んだら、この世界では漫画やアニメのように殺気が放てしまうらしい。

思わぬことができるようになってしまった。

しかし犬神のことで、こんなことになるなんて予想できるわけがない。

それに犬神について言ってくるとなると、一番懸念していた可能性が頭をもたげてくる。

犬神は伊藤たちとパーティーを組むと仲良くなれるゲームヒロインの一人だが、仲間にした段階で女子メンバーがいないとBLルートに入ってしまう。

一条は神宮寺くらいしか女子とパーティーを組んでいるところを見ていないし、ずっとそれについては危ぶんでいたのだ。

現に、今の一条がパーティーを組んでいるのは風間と狭間の二人である。

まさか本格的にBLルートに進もうとしているなんてことはないよな。

あのルートはハチャメチャすぎて収拾がつかなくなる。

■■■

「面白いじゃないか。この生意気な奴を、みんなの前で打ちのめしてさらし者にしてやれ」

という狭間の言葉に、一条は首を横に振った。

「そんなのは俺のやりたいことじゃない。観客は制限して、闘技場でやろう。それぞれが立会人を指定するんだ。こっちは、この三人を指定するよ」

風間、狭間、ロン毛ね。

「闘技場かよ。甘すぎるぜ」

そう言ったのはロン毛である。

まさか命をかけて決闘しろとでも言うのか。

自分でやるわけでもないくせに、よくそんな無責任なことが言える。

「じゃあ俺は伊藤と佐藤と、他にはいないいな」

「佐藤殿は休みでござる」

まあ一人いれば十分だろうと思っていたら、いつの間にか近くで話を聞いていた花ヶ崎が言った。

「私が行くわ」

話が決まったところで、それまで静かだった奴が急に話に割り込んできた。

「ねえ、ちょっとそれはやりすぎじゃないの。そんなことをして何になるのよ」

話の急展開についていけないのか、神宮寺はオロオロするばかりだ。

しかし、まさかこれで勝ってしまったら主人公が学園を去るなんてことにはならないよな。

そうなるとストーリーがどう進むのか、まったく予想できない。

ゲームでは負けても多少ヒロインの好感度が下がるだけだったはずだ。

俺たちは授業も放り出して、訓練場に併設された闘技場までやってきた。

幸い誰もいなかったので邪魔をされることもない。

闘技場内では気絶中に攻撃を受けてもＨＰが１以下にはならずに場外に弾き飛ばされるため、ここはよく決闘に使われる。

一対一であれば、気絶状態になった時点で場外に飛ばされるはずだ。

「ふむ、おかしなことに拙者は高杉殿が負けるビジョンが見えませんぞ」

「闘技場ならもしものことはないわ。それでもやりすぎてしまってはダメよ。もし、あなたに何かあった時は、私が保健室まで運ぶから安心なさい」

二人の言葉ももう耳には入らない。

さすがに正宗を見せるのはやりすぎだから、虎徹を使おうか。

だけど往々にして、こういう時の悪役ってアイテムも使わないのに、主人公の側だけは自由自在に使ってくるんだよな。

そんな条件で戦わされたらどうしようかと不安になる。

「対等な条件で設定してくれよ」

「わかってるさ」

風間は闘技場のパネルをいじりながら言った。

闘技場に入ると、設定を終えた風間からいつでも始められるとの声がかかった。

とりあえず接戦に見えるように強靭も瞬身も使わずに、ツバメ返しも封印しようか。

武器は虎徹しかないが、まあそのくらいは仕方がない。

そんなことを考えていたら、闘技場のブザーが鳴った。

「やっぱり、やめないか。君の初期ステータスを見たことがあるけど、俺と君とでは最初からスタートラインが違いすぎる。人間には埋めがたい、才能の差というものがあるんだよ。隠してたけど、俺にはオリジナルの魔法まであるんだ。その差は、どんなにレベルを上げたって埋められるようなものじゃない」

初期ステータスやユニーク魔法を才能と呼ぶのなら、別に俺が攻略本を才能と呼んだところで非難はされまい。

ならば、いかなる才能も好きなように使えばいい。

「そういうのは勝ってからにしないと、馬鹿に見えるぞ」

やはり手加減はやめよう。

彼には自分の立ち位置を理解してもらう必要がある。

自分の才能とやらに慢心しているようでは、この先の試練は乗り越えられまい。

頑張っているように見えても、もっとリスクを取らなければゲームをクリアするだけの力は得られない。

それは世界の破滅とも繋がっている。

「強情だな。才能も実力のうちなんだ。やるからには全力でいくことになるよ」

その言葉と同時に、一条の体が白く輝き始めた。

あれは一条が最初から持っている身体強化魔法で、強靭と瞬身を合わせたような効果を持ち、それに加えて防御力と魔法耐性も上がる。

その効果はどれも中途半端で、どんな覇紋を選んでもクリアできるように与えられた救済措置のようなものでしかない。

俺は正宗を引き抜いて構えた。

一条がまずフレイムバーストの魔法を放ってくるが、ＨＰが70減っただけだった。

一般的なクラスだけでは、前衛職が魔力の値まで育てるのは不可能に近い。

いくら主人公であっても、こんなものだろう。

それで表情も変えずにいたら、一条が俺に向かって駆けてくる。

その動きを止めるために、俺はボルトの魔法を放った。

そしたら避けにくいとされる光速の電撃魔法を、一条は前転の動きだけで回避してみせた。

さっきまでは、明らかにあなどったような態度だったのに、信じられない集中力だ。

あなどっていたのは、俺の方だったのかもしれない。

そのまま跳ねるようにして放たれた剣戟を、俺は正宗の刀身で受けた。

その攻撃からは、ステータスの値を超えた重さのようなものまで感じられる。

鍔迫り合いになったので、筋力の値にものを言わせようと力を入れたら、一条は無理をせず、受け流すように後ろに飛んで距離を取った。

着地した一条がこちらを見る。

もはやその表情に余裕の色はない。

今のやり取りだけで、楽に倒せる相手ではないことに気が付いたようだ。

スキルを隠しておく余裕もないと悟っただろうから、次は隠し玉のユニークスキルまで披露してくるはずだった。

一条には、草薙の剣と呼ばれる射程の長い範囲攻撃のユニークスキルがある。

Cクラスとの対決でも見せなかった、本当のとっておきだ。

それがあるというだけで、序盤の攻略には困らないとされているほどのスキルだ。

しかし使いやすいというだけで、それが最強のスキルと呼ばれていたわけではない。

ならば俺は、攻略本に最強と記されていたツバメ返しでもって迎え撃つだけである。

一条が低い体勢で、こちらに向かって駆けてきた。

俺の目の前でスキルの発動とともにもう一段の加速を見せるが、その動きをとらえていた俺はすでにツバメ返しを発動している。

やや俺の方が遅れて発動したスキルは、ほぼ同時にぶつかり合った。

攻撃が当たる瞬間に、いきなり一条の姿が見えなくなり、俺は咄嗟に周囲を確認する。

しかし一条の姿はどこにも見当たらずに、試合終了を告げるブザーが鳴っただけだった。

はあ、まさか主人公パワーでも発揮して、何か奥の手でも使われたのかと思ったら、ただHPがなくなっただけか。

手加減とはなんだったのかというくらいの結果に終わってしまった。

俺のHPは一割も減っていない。

やはりトニー師匠の掲げる目標は高すぎるのだ。

俺は何も言わずに闘技場から降りると、内臓がこぼれそうなほどに腹が開いている一条にヒールだけかけてやってから教室に戻った。

その場に残っても、勝った俺にかけてやれる言葉はない。

風間たちも呆然とするばかりで何も言わなかった。

授業の途中で教室に入り、勉強するふりをしながら、これからのシナリオを予習する。

もはやかなりの改変が入ってしまったような予感がするが、それも観察してみないことにはわからない。

授業が終わる前には、一条も教室に戻ってきたのでとりあえずの心配はなさそうだ。

はた目にも落ち込んでいるのがわかる。

しかし、それは学年最下位に負けたからというのが理由の大半な時点で、同情する気にもなれなかった。

「いったいどんな手を使ったのよ。あんたが一条に勝てるわけないじゃない。こないだまでクラスで底辺と呼ばれていたのに」

大股開きで腰に手を当てながら、目を吊り上げている神宮寺が言った。

放課後になって、着替えようと更衣室に向かっていたら、神宮寺と花ヶ崎の待ち伏せに出くわしたのだ。

「もと底辺だ」

と、俺は神宮寺の言葉を訂正した。

その位置はモヒカン君に譲ってから久しい。

「貴志は弱くないって、ずっと言ってたのだけれどね。綾乃がどうしても信じてくれないのよ」

花ヶ崎はお手上げという仕草で立場を示した。

どうやら暴走しそうな神宮寺を止めるためについてきたらしい。

「玲華ちゃんは、こいつに弱味でも握られてるわけ。私たちが助けなかったら、レベルも上げられなかったのよ。何かずるい手を使ったに決まってるわ」

「たとえどんな手を使ったとしても、勝ちは勝ちだぞ」

どうしてそんな力があるのだと問い詰められる方が俺としては苦しい。

神宮寺が俺の力を認めたくないと言うならば、そっちの方がありがたいのだ。

だからそんな言葉で俺は話を濁した。

「やっぱりね！」

俺の言葉に、神宮寺は顔に喜色を浮かべながら叫んだ。

しかし、花ヶ崎が冷静な意見を述べる。

「ちゃんと普通に戦ってたわよ。特殊なクラスに就いていたとしても、それを明かさないのは私たちも同じでしょう。同じ条件で戦って勝ったのよ。貴志を責めるのはおかしいわ」

花ヶ崎は面白くもなさそうに正論を述べた。

「玲華ちゃんまで、コイツの方が強いっていうの!?」

「ええ。だから何度も、そう言ってるじゃないの。結果を見れば明らかよ」

「そんなことわからないよ。偶然に奇跡が起きて勝つことだってあるかもしれないじゃない」

「そんな次元ではなかったわね。綾乃は最初の二回のダンジョンダイブしか知らないのでしょうけど、貴志はあれからも同じ速さで成長していたのよ。でも信じられないのも無理はないかしら。私だって、この目で見ているのに信じられないくらいですもの」

「最強になる男だからな」

適当に誤魔化すようなことを言う。

こんなことになってもまだ、俺はシナリオを変えたくないという保身が捨てられなかった。

「冗談だと思ってた。でも、本当になるかもしれないわね」

「み、認められないわ……」

こう見えて、クラスメイトの中で一番頑張っているのは神宮寺である。

だから、なんの努力も見せずに勝ってしまったのが、納得できない理由なのかもしれない。

「納得がいかないなら、闘技場で戦ってみるか」

「ふざけないで。どうしてそうなるのよ。そんなの絶対に許さないわ」

なぜ花ヶ崎の方が怒るのかわからない。

神宮寺の様子もおかしい。

「ななな、何言ってんのよ!」

神宮寺は動揺して跳び上がらんばかりに驚いている。

その反応がちょっと気になって、俺は神宮寺のページを開いた。

神宮寺　綾乃［じんぐうじ　あやの］

そこそこ人気なヒロインのうちの一人。

槍しか使わないため、デバフに特化させるのがおすすめ。

最初に負けた男の嫁になるという家訓と、自分より強い男の命令は絶対であるという家訓を持つチョロイン。

性格は好戦的なように見えて、勝負事には臆病。

自分より強いと認めた相手としか決闘できないというルールを持つ。


どうりで俺に負けたなんて認めないわけだ。

今の神宮寺は一条にすら物足りなさを感じているだろうから、そうなってくるとコイツが強いと感じられる男は身近に俺くらいしかいないのだろう。

やたらと突っかかってくる理由はそれか。

でも、これなら戦わなければいいだけだから問題は起こりえない。

そんなことが理由でムキになっているというなら放っておけばいいのだ。

これ以上シナリオに影響のある行動をとってしまえば、せっかく攻略本があるという優位性が活かせなくなってしまう。

「あなたは、何かというとその本を開くわね。いったいなんの意味があるというのかしら」

花ヶ崎が呆れたようにそう言った。

「やっぱり戦うのはやめよう。お前らの相手をしてるほど暇じゃないから俺はもう行くぞ」

■■■

神宮寺たちを振り切って昇降口を出たら、知らないうちに太陽が高くなっていた中庭で足が止まった。

ダンジョンの入り口が、太陽の光によって禍々しいほど輝いている。

初夏の陽気に深呼吸をしたら、久々にすがすがしさを味わった。

これで退学になって死ぬとかいう、訳のわからない運命だけは回避できたことになる。

けれど、それによって何かに打ち勝ったという達成感はなく、自分の正しさを証明するためだけに、ひどく遠回りをさせられたような気分だった。

不確定な未来に対する不安は、なおのこと強まっている。

攻略本に書かれていることがすべて運命づけられていて、絶対に不可避ではないことが確認できたのは、唯一と言っていいくらいの救いだろう。

それでも、まだ俺に降りかかってくるであろう災難の一つをクリアしたに過ぎない。

ゲームシナリオはこれから本格的に動き出し、この世界と主人公にさらなる試練をもたらすことになる。

それらは、この世界の住人となった俺にとっても他人事ではない。

ゲームが現実となった世界では、主人公にすら勝てない敵が現れる可能だってある。

そうなってしまえば、もはや俺が主人公に成り代わって倒すしかない。

それに俺と同じく、このゲームのシナリオによって、非業の死を運命づけられてしまった人たちも数多く存在しているのだ。

同じ立場だった者として、それだけはなんとしても防がなければならない。

そのためには、ゲームのシナリオにさえ打ち勝てる力すら必要になるだろう。

主人公ではない俺にとって、それはきっと困難なものとなる。

それでも俺にできることなど、最初から何も変わってはいなかった。
俺にできる唯一のことは、ただ押し付けられる理不尽に抵抗してみせることだけだ。
それは、これからも変わらない。
それが不可能なことだとも思わない、なぜなら俺には攻略本がある。

あとがき

昔からゲームやファンタジー小説が好きで、このような小説を書くに至りました。海外のハードボイルド小説なども好きなので、そのようなテイストも入っているかと思います。

皆さんはゲームをする時に、攻略本を用意して進めた経験はあるでしょうか。

私はまるで別物のゲームに感じられるほどの違いになることを経験したことが、本書を書くにあたってのヒントとなりました。

本来なら試行錯誤しながら進めてほしいというような製作者の意図で配置された障害さえ、一切の容赦なくすべてを取り払ってしまいます。

ゲームとしては本末転倒のようですが、その時に感じたある種の気持ちよさを、皆さんにも味わってほしいと本作では意図しました。

主人公の境遇はわかりやすく、強くならなければ自分の命が危ないというものなのですが、当然ながら攻略本など持っていれば、どんな試練もへっちゃらです。しかもステータスが低いことから、美少女ヒロインたちからも気にかけてもらえるおまけつきです。

彼女らから多少の手助けはありましたが、それがなかったとしても結果はあまり変わらなかったでしょう。

助けてくれた美少女ヒロインたちの攻略については、次巻以降となってしまいましたが、それについては申し訳なく思っています。

話は変わりますが、もし現実世界で誰かに負けられないとなったら、いったいどんな本を読むべきだと考えるでしょうか。

きっと孫子（そんし）の兵法あたりが思い浮かぶのではないかと思います。

しかし、この孫子の兵法という本に書いてあることは、役に立たないという意見もあります。

なぜ役に立たないかといえば、けっきょくのところ孫子の兵法は、究極的に意訳してしまえば、「間違ったことをコツコツするな、正しいことを適当にやれ」としか書かれていないということになります。

しかし、普通の人には何が正しいことなのか、何が間違ったことなのかわかりませんから、その時の自分にとって必要な知見を与えてくれないというわけですね。

逆に役に立つ本とは、何をやるべきか具体的に書かれているものだそうです。

ですから攻略本とは、役に立つという面では、その最たるものになるでしょう。

世界を思い通りにするほどの力はないけれど、まわりを圧倒するような力を振り回す主人公に爽快感を感じていただけたら幸いです。

BKブックス

ダンジョン学園の底辺に転生したけど、
なぜか俺には攻略本がある

2023年4月20日　初版第一刷発行

著　者　塔ノ沢渓一（とうのさわけいいち）

イラストレーター　にわ田（た）

発行人　今 晴美

発行所　株式会社ぶんか社
〒102-8405　東京都千代田区一番町29-6
TEL 03-3222-5150（編集部）
TEL 03-3222-5115（出版営業部）
www.bknet.jp

装　丁　AFTERGLOW

編　集　株式会社 パルプライド

印刷所　大日本印刷株式会社

ISBN978-4-8211-4658-1